Die lüsterne Lieblingsfrau

MELCHIOR
Edition Ars Amandi

Das außergewöhnliche Werk

Die lüsterne Lieblingsfrau

erscheint im Rahmen ausgewählter erotischer Literatur
in der *Edition Ars Amandi* des Melchior Verlages.

MELCHIOR
Edition Ars Amandi

Wolfenbüttel
2008
ISBN: 978-3-939791-84-3

Inhaltsverzeichnis

Die lüsterne Lieblingsfrau

In Ispahan lebte einstmals ein reicher Kaufmann, der weit durch die Welt zog, von Konstantinopel nach Bagdad, Kairo und Indien. Er reiste und handelte noch mit seiner Ware, als er bereits ein Greis war.

So zog er denn auch einmal durch das Land Irak und kam in die Nähe der Stadt Karadsch. Dort sah er auf der Dorfstraße ein wunderschönes nacktes Kind spielen, mit weißer Hautfarbe, goldigem Haar und roten Wangen, das ihm über alle Maßen gefiel. Er nahm das Kind in seine Arme, untersuchte es, stellte fest, dass es ein Mädchen war, liebkoste es und gab ihm den Namen Armud (d. h. Birne). Dann erkundigte er sich nach den Eltern des Kindes und erfuhr, dass der Vater ein armer Tagelöhner war.

Der reiche Kaufmann sprach zu den armen Leuten:

»Ich habe euer Kind gesehen und es lieb gewonnen. Es ist ein reizendes Mädchen, und ich habe die Absicht, es in meinen Harem zu nehmen, wenn es herangereift ist. Deshalb will ich mit euch einen Vertrag machen, nach dem ich Anspruch auf euer Kind habe, wenn es zum Weibe herangewachsen sein wird. Ich will euch eintausend Goldstücke dafür zahlen. Wenn ihr bereit seid, auf diesen Vertrag einzugehen, sollt ihr die Hälfte dieser Summe sogleich erhalten, den Rest aber nach zehn Jahren, wenn ich komme, Armud als meine Frau zu holen.«

Der Mann und die Frau gingen ein wenig beiseite, und der Mann sagte zu seiner Frau:

»Wie denkst du darüber? Ich meine, wir können auf das Angebot des Scheichs eingehen. Unsere Not hat dann sofort ein Ende. Er ist alt, und wer weiß, ob er nach zehn Jahren noch am Leben ist; denn es ist für eine junge Frau ja kein Glück, einen alten Mann zu bekommen. Aber sie wird dann immerhin ein gutes Leben haben, während sie hier doch nur an einen armen Schlucker gerät.«

Die Frau antwortete:

»Du hast Recht, und ich denke wie du. Schließe mit ihm unter Zeugen den Vertrag ab, und lass dir die fünfhundert Goldstücke aushändigen. Dann wollen wir das Kind gut erziehen und es pflegen.«

»O Scheich«, sprach darauf der Vater des Kindes zu dem Kaufmann, »ich bin mit deinem Vorschlag einverstanden. Und wenn du nach zehn Jahren wiederkommst, sollst du eine gesunde, schöne und unversehrte Jungfrau in Empfang nehmen.«

»Inschallah«, antwortete darauf der Kaufmann.

Dann ließ er den Dorfältesten herbeirufen, der den Vertrag bestätigen musste. Darauf zog der Kaufmann weiter.

Der Kaufmann hatte eine Anzahl Frauen. Aber die meisten waren alt, und die jüngste hatte er vor einigen Jahren genommen. Deshalb sagte er sich, da er ans Sterben nicht dachte, dass diese nach zehn Jahren ersatzbedürftig sei. Schon jetzt nahm er sie - wie anfangs - nicht mehr auf seinen Reisen mit.

Er war aber ein Liebhaber von Frühgemüse, was für alte Männer ein sicheres Zeichen dafür sein soll, dass sie noch lange leben werden. Besonders zog er junge Schoten vor, die er aufbrach und mit Spargelspitzen genoss.

Nachdem ein Jahr um war, zog er wieder in die Gegend von Karadsch, besuchte die kleine Armud, beschenkte sie mit reizenden Gewändern und Spielsachen und gab auch ihren Eltern reichlich.

Jedes Jahr unternahm er diesen Besuch, und im zehnten Jahre kam er mit einer Last von Kleidern, Tüchern und Schmucksachen, um Armud als seine Frau mitzunehmen. Sie war groß, ihr lockiges Haar braun geworden, ihre Hüften waren breit und fest, und ihr Busen glich zwei reifen Pfirsichen. Der Heiratsvertrag wurde abgeschlossen, er gab den Eltern anstatt der fünfhundert Goldstücke noch eintausend. Dann begab er sich in eine Kammer mit ihr, wo er ihren Leib in Augenschein nahm und sich mit ihr die ganze Nacht hindurch erfreute, worüber die Eltern, die nebenan schliefen und alles vernahmen, erstaunten; denn der Kaufmann war seit jener Zeit, da er zum ersten Mal gekommen war, zehn Jahre älter geworden und bereits über achtzig Jahre alt.

Am anderen Tage reiste das neuvermählte Paar ab. Seitdem hatte der Alte die junge Schote andauernd unter Augen und verbrachte jede Nacht an ihrer Seite.

Eines Tages nun befand er sich mit seiner Karawane auf dem Wege nach Bagdad. Sein schönes Weib Armud saß - von herrlichen Gewändern umhüllt - auf einem prachtvollen Kamel. Unterwegs hatte ihn nun ein Reisender gebeten, sich ihm anschließen zu dürfen. Er war ein junger Mann, der Sohn eines angesehenen Kaufmannes von Damaskus, und reiste in Geschäften seines Vaters nach Bagdad, schön gewachsen, mit vollem Gesicht, dunklem Bart und großen, tief-schwarzen Augen.

Der alte Kaufmann hatte auf jeden ein scharfes Auge, der in seines jungen Weibes Nähe kam. Deshalb gab er nur ungern dem jungen Mann die Erlaubnis. Nachdem sich aber herausgestellt hatte, dass er den Vater des Reisegefährten kannte, und dieser ihm erzählte, dass er selbst verheiratet sei, schwand sein Misstrauen. Und schließlich gewann er zu ihm ein so großes Zutrauen, dass er gelegentlich sein junges Weib seinem Schutze anvertraute.

Als die Karawane sich nun eines Morgens auf dem Wege befand, war der Boden sehr schlüpfrig, denn des Nachts hatte es heftig geregnet. Der Scheich befand sich gerade im Gespräch mit einem seiner Knechte, dem er Anweisungen gab. Da glitt plötzlich das Kamel, auf dem Armud saß, aus, indem seine Beine gleichzeitig nach einer Seite rutschten; sein Rumpf mit der kostbaren Last stürzte nach der Seite. Sofort sprang der junge Damaszener von seinem Reittier, um die junge Frau des Scheichs aus ihrer Lage zu befreien. Als er in ihre Nähe kam, griff sie in ihrer Angst nach ihm, um sich aufrichten zu können, und erwischte dabei seine Hose und mit dieser das, was sich zufällig an dieser Stelle unter ihr befand, nämlich seinen Schlauch.

Kaum hatte sich aber Armud festgehalten, als das, was sie in der Hand hielt, plötzlich anschwoll, groß und straff wurde und zu zucken begann, wie ein Fisch, den man mit der Hand fängt, so dass es ihre Rosenblatthand nicht mehr zu umspannen vermochte und abglitt, sie aber in eine tiefe Erregung versetzte, die sie bisher noch nicht gekannt hatte.

Da hatte aber schon der junge Damaszener sie erfasst und seine Arme unter sie gelegt, um sie emporzuheben. Dabei fuhr er unter den Mantel, in den sie eingehüllt war, und weil er unruhig war, glitt seine Hand aus, geriet zwischen ihre Beine, sprengte die Hose entzwei und schoss mit zwei Fingern bis an deren Wurzel in ihr Juwelentäschchen hinein. Darüber kam ihn eine große Furcht an, denn er meinte, er habe sie in der Mitte auseinandergerissen; er hob sie daher schnell empor, wobei das junge Weib tief seufzte, und er meinte nun, jetzt würde sie laut schreien und bluten, und der alte Scheich würde ihn töten.

Aber es geschah nichts von alledem. Armud bedankte sich vielmehr bei ihm mit Worten, die wie das Zwitschern von Vögeln klangen, und der Scheich, der inzwischen auch besorgt herzugelaufen war, schenkte ihm als Lohn einen Ring mit einem großen Edelstein.

Der junge Mann versank in Nachdenken. Er konnte sich nicht darüber klarwerden, was es mit der Dame für eine Bewandtnis hatte. Er hatte genau gespürt, wie es bei ihr an dieser Stelle in die Eingeweide ging, und so etwas hatte er bei einem Menschen noch nicht festgestellt. Deshalb wähnte er, sie müsse diesen Schaden von dem Sturz oder von seinem Zugreifen davongetragen haben.

Auch Armud war nachdenklich geworden. Sie war immer fröhlich gewesen, aber jetzt kam eine solche Lustigkeit über sie, dass sie sang. Dem jungen Reisenden aus Damaskus war sie zugetan, und sie sehnte sich danach, von ihm zu erfahren, was dieses sonderbare Ding gewesen war, das unter ihrer Hand von einem Lederzipfel, für den sie es anfangs hielt, sich zu einem Türklopfer ausgewachsen hatte.

Als der Scheich sie singen hörte, ritt er auf seinem arabischen Schimmel an sie heran und sagte zu ihr:

»O mein Kind, ich höre dich singen, was du selten tust. Ist dir ein besonderes Glück widerfahren?«

»Ja, mein Herr. Ich habe etwas begriffen, oder vielmehr: Mich hat etwas ergriffen.«

»Und was ist es, mein süßes Weib, was du begriffen oder was dich ergriffen hat, so dass du mit der Bülbül um die Wette jubelst?« fragte er weiter.

Darauf erwiderte sie klug:

»O mein Herr, ist es dir noch nicht widerfahren, dass du nach etwas griffest, was dir als ein Sperling erschien, und als du genauer hinsahest, es eine Katze war?«

Der Scheich sann nach, dann gab er zurück:

»O ja, so etwas Ähnliches ist mir schon einmal widerfahren, nur war es umgekehrt: Ich glaubte eine springende Gazelle zu besitzen, und als ich hinsah, war es nur ein Floh.«

Da lachte Armud laut auf und sprach:

»Mein Herr und Gebieter, erkläre mir dies näher.«

»Von Herzen gern und mit größter Freude«, entgegnete er und erzählte dann:

»In Kairo kam einmal ein Mann zu mir, der mir sagte, er wisse mir eine herrliche Sklavin zu nennen, die einer springenden Gazelle gleiche, da sie eben aus dem Innern von Afrika gekommen und noch wenig bestiegen worden sei. Ich belohnte den Mann gut, und er führte mich in das Haus, wo die Gazelle eingehüllt auf Kissen saß. Da ich nun des Nachts mit ihr mein Lager teilte, hatten wir gar keinen Platz, denn mein Spieß, den ich auf die Jagd mitgenommen hatte, lag zwischen uns und im Wege, da ich ihn nirgends der Gazelle in die Weiche stoßen konnte; die Gazelle war nur ein kleines schwarzes Ding, stumm wie ein Stein, taub wie die Erde, zwischen den Beinen zugewachsen, und wenn sie lief, hüpfte sie wie ein Floh.«

Nun wurde Armud ganz ausgelassen, sang noch lustiger, und der Alte ritt wieder weiter zurück, um sich mit einem Kaufmann zu unterhalten, den er am Abend zuvor kennengelernt hatte.

Armud aber suchte Gelegenheit, mit dem Damaszener sprechen zu können. Und als sich diese bei einer Rast bot, sprach sie leise zu ihm:

»O mein Herr, erkläre mir eins: Als ich vorhin mich in der argen Lage befand und in meiner Bedrängnis nach dir griff, erfasste ich etwas, was ich für einen Zipfel deiner Leibbinde hielt, das plötzlich aber dick und straff wurde, so dass meine Hand davon abglitt.«

Darauf gab der junge Mann zurück:

»O meine Herrin, du bist doch verheiratet und weißt nicht, was dies für ein rätselhaftes Ding ist?«

»Ich bin verheiratet, und doch weiß ich es nicht«, sagte die Frau des Scheichs. »Wohl hat mein Mann auch etwas da vorn hängen, mit dem er sich jede Nacht auf mir reibt, so dass bei mir die Haare zwischen den Beinen abgewetzt sind. Aber es ist stets so weich und wird nicht straffer als ein Zwiebelschlauch. «

Danach sprach der junge Mann:

»O meine Dame, nun gestatte mir aber auch eine Frage. Als ich dich vorhin aus deiner unglücklichen Lage befreite, da geriet ich unter deinen Mantel, zerriss die Hose und fuhr mit den Fingern tief in deinen Leib hinein. Ich war in größter Angst, da ich meinte, dir einen Schaden zugefügt zu haben, doch da du keinen Schmerzenslaut von dir gabst, vielmehr noch fröhlicher wurdest, kam die Ruhe wieder über mich. Doch musste ich andauernd darüber nachdenken. Deshalb bitte ich dich, o Herrin, lass mich wissen, was dies für eine tiefe Öffnung ist, die du am Leib trägst.«

Da lachte Armud so laut, dass ihre Dienerin sie bat, sich zu mäßigen, da sonst der Herr aufmerksam werden möchte. Dann gab sie dem jungen Mann zur Antwort: »Bist du doch verheiratet und weißt nicht, was Frauen da vorn für eine Öffnung haben?«

Wieder entgegnete er:

»Wohl bin ich verheiratet und weiß es nicht. Denn meine Frau besitzt nichts Derartiges wie du. Sie hat nur zwischen den Beinen eine stachlige Rinne, die nicht größer und tiefer, aber ebenso rauh wie diejenige ist, die man bei einer reifen Tomate findet, wenn sie am Kraut zu lange der Sonne ausgesetzt gewesen ist.«

Das Gespräch belustigte Armud ungemein. Doch mussten sie es oft unterbrechen, da der Gatte des jungen Weibes im Lager hin und her ging; und der junge Damaszener machte sich in ihrer Nähe zu schaffen. Die Reden und Antworten konnte er ihr nur geben, indem er an ihr vorüberging.

»Mein Freund«, flüsterte schließlich das junge Weib, »lass mich noch einmal greifen.«

Der junge Mann bog sich zur Erde, als ob er etwas aufheben wolle, doch ganz nahe bei ihr, dass sie seine Hose zu erlangen vermochte.

Aber sie hatte nicht das Vergnügen, das Schauspiel zu erleben, wie aus einem Lederzipfel ein Türklopfer wurde; denn der Schwengel des Reisenden aus Damaskus war schon längst völlig ausgewachsen.

Armud umklammerte ihn und wollte ihn nicht wieder loslassen, so dass der junge Mann bat:

»Lass ihn los, meine Dame, er ist geladen, und ich fürchte, wenn Ihr ihn noch mehr reizt, gibt er Feuer!«

Sie aber rief: »So dick, so fest, man kann Löcher mit ihm in die Erde bohren und Kräuter einsetzen.«

Und sie war so übermütig, dass sie alle Vorsicht vergaß. Daraufhin bat ihr geplagter Freund:

»O Herrin, da du nun deinen Wunsch erfüllt gesehen hast, so flehe ich zu dir, lass mich auch noch einmal in deine Öffnung greifen.«

»Ich will dir deine Bitte ebenfalls gewähren. Wenn wir aufbrechen, so sei mir behilflich, in den Sattel zu kommen. Dabei werde ich dir Gelegenheit geben, mir unter den Mantel zu greifen, und da meine

Hose entzwei und noch nicht genäht ist, wird es dir leicht werden, dein Verlangen zu stillen.«

Und der junge Mann nahm die Gelegenheit, die ihm Armud bot, gut wahr, und er fand etwas Rundes und Weiches, das einer Feige glich, und in der Mitte fühlte er einen Spalt, der zu der Öffnung führte, in der es heiß und feucht war, so dass er das Gefühl hatte, als ob er mit den Fingern eine überreife Birne zerdrückte. Und er spürte, wie seine Hose nass wurde.

In den nächsten Tagen hatten die Liebenden jedoch keine Gelegenheit, miteinander zu sprechen, geschweige denn sich zu befühlen. Der alte Kaufmann war nämlich argwöhnisch geworden, weil Armut sich gar zu auffällig benommen hatte und der Damaszener andauernd in ihrer Nähe zu sehen gewesen war. Er sprach mit dem jungen Mann kein freundliches Wort mehr, und er verließ bis Bagdad nicht mehr die Seite seines jungen Weibes.

In Bagdad mietete der Kaufmann ein Haus, ließ es gut ausschmücken und ging dann täglich mehrere Stunden aus, seine Geschäfte zu erledigen, während er der Dienerin eingeschärft hatte, streng darauf zu achten, dass sich niemand seiner Frau nähern dürfe, andernfalls sie schwere Strafe zu gewärtigen habe. Seine Frau aber ließ er nur liebe Worte hören.

Der Reisende aus Damaskus war ebenfalls seinen Geschäften nachgegangen.

In Bagdad wurde Armud sehr traurig. Sie wußte eigentlich nicht recht, warum über sie eine so große Traurigkeit kam, obwohl sie doch an nichts Mangel litt und alles bekommen konnte, was sie begehrte. Nur eines nicht. Und da kam ihr wieder der junge, hübsche Damaszener in den Sinn.

Die Sklavin, die ihre Herrin traurig sah, sprach:

»O meine Gebieterin, du warst stets fröhlich, und ich erheiterte mich an deiner Fröhlichkeit, und niemals sah ich dich so lustig als auf der Reise hierher. Nun aber bist du traurig, und auch auf mir lastet Traurigkeit. Was quält dich, und welches Leiden bedrückt dich, meine Gebieterin? Wenn ich es vermag, deine Qualen zu lindern, so will ich es freudig tun, und Allah wird mir beistehen.«

»O meine Sklavin«, sprach darauf Armud. »Du bist gut zu mir, und Allah soll es dir lohnen. Ein schwerer Kummer lastet auf mir, und eine große Traurigkeit zerbricht mir mein Herz.«

»Willst du mir deinen Kummer nicht anvertrauen?« antwortete die Dienerin. »Möglicherweise ist mir ein Heilmittel bekannt.« Armud schwieg. Dann fragte sie:

»Darf ich mich dir aber anvertrauen, und wirst du auch nichts meinem Mann verraten?«

»O meine Gebieterin«, beteuerte darauf die Sklavin. »Höre mich an, und Allah sei mein Zeuge. Ich bin deine Dienerin, und es ist Allahs Gebot, dass ich meiner Herrin in allen Sachen treu und ergeben sein soll. Weshalb soll ich dich an deinen Gatten verraten? Ein gutes Wort hat er für mich nicht übrig; wenn ich einen Fehler begehe, schlägt er mich und droht mir noch härtere Strafen an, und wenn ich alt bin, werde ich unter ihm ein schweres Los haben. Also offenbare mir ohne Sorge dein Leid, damit ich sehe, wie ich dir helfen kann.«

»Du weißt, dass mit uns ein Herr aus Damaskus reiste«, teilte nun die Herrin ihrer Untergebenen mit. »Er half mir in einer bedrängten Lage, und außerdem ließ er mich ein Geheimnis wissen, das mich mit Glück, aber auch mit Unruhe erfüllt hat. Mein Herz ist krank vor Sehnsucht nach diesem Freund, und wenn ich ihn nimmer sehe, werde ich niemals mehr mich freuen können und wohl sterben müssen. Darum gehe aus, in den Basar, frage in den Gasthäusern nach ihm, und wenn du ihn erblickst, so richte ihm aus, dass ich krank vor Sehnsucht nach ihm bin, und er möge kommen, mich wieder gesund zu machen.«

Täglich ging nun die Sklavin aus, um den Damaszener zu suchen; aber jedes Mal kehrte sie ergebnislos zurück.

Und Armud wurde noch trauriger, und die Traurigkeit nahm ihr die Röte der Wangen, den Glanz ihrer Mandelaugen und den Klang ihrer Stimme.

Das fiel ihrem Gatten auf; er suchte sie aufzuheitern, brachte ihr aus dem Basar neue Stoffe, Gewänder, Kostbarkeiten und Seltenheiten mit. Aber sie wurde nicht freudiger, und er fragte sie:

»Was ist es nur, o mein Kind, dass du so traurig bist, da es dir doch an nichts mangelt und ich alles tun kann und will, um dich wieder gesund zu machen. Soll ich Ärzte kommen lassen, damit sie dich untersuchen und für dich Heilmittel herstellen? Du warst so lustig und ausgelassen auf der Reise, und nun ist dein Gemüt umwölkt.«

Sie aber antwortete:

»O mein Herr, ich sagte dir einst, dass es seltsam ist, wenn man vermeint, einen Sperling in der Hand zu haben, und es ist eine Katze, wenn man näher hinschaut. Wenn aber die Katze sich nicht auf dem Schoß halten lässt - soll man da nicht traurig sein? Da nützen weder Ärzte noch Heilmittel etwas.«

Der Alte begriff den Sinn ihrer Worte nicht, da er aber meinte, es ginge ihr eine Katze ab, mit der sie spielen könnte, kaufte er am andern Tage eine zahme Angorakatze. Aber das Weib beachtete das Tier nicht. Da zerbrach sich der Alte nicht weiter den Kopf über ihr Verhalten, denn die Geschäfte nahmen sein Denken ein; er hielt eben alles für eine Laune, wie sie Frauen oft haben, liebkoste sie, lag nachts bei ihr und scheuerte sich an ihrem Leib, was ihr arge Qualen bereitete, seitdem sie wusste, dass der Spargel dazu da ist, um im Mund zu verschwinden, und nicht, um sich die Lippen mit ihm abzureiben.

Eines Tages kam nun die Dienerin mit der freudigen Nachricht zurück, dass sie den Herrn aus Damaskus getroffen und ihm den Gruß überbracht habe. Seine Antwort lautete, dass er nicht weniger krank als die Herrin sei und sich nach dem Wiedersehen mit ihr und nach Genesung sehne.

Armud war nun gleich wie umgewandelt. Sie lachte und sang wieder, und ihre Augen begannen wieder zu leuchten, dann besprach sie gleich mit ihrer Sklavin den Plan, auf welche Weise der Damaszener heimlich ins Haus gebracht werden sollte.

Als am andern Tage wie gewöhnlich der Scheich ausgegangen war, führte die Sklavin den Liebhaber in das Zimmer der Herrin, die ihn, im Schmuck ihrer Geschmeide und mit köstlichen Salben eingerieben, erwartete.

Und als der Ersehnte eintrat, rief sie ihm übermütig entgegen:
»O mein Herr, ich habe dich rufen und zu mir kommen lassen, damit du mir erlaubst, wieder einmal zu greifen.«

Und er erwiderte: »Von Herzen gern und mit größter Freude. Doch musst du mir gestatten, in das Loch zu fahren.«

»Aber nicht mit den Fingern«, sagte sie. »Jedes Ding gehört an seinen richtigen Platz.«

Und sie entkleidete sich, und er entledigte sich ebenfalls seines Gewandes und warf sich mit Ungestüm auf sie, und jeder wurde gewahr, was ihm bisher gefehlt hatte. Dabei spürte er, dass sie noch Jungfrau gewesen war, bis er jetzt ihre Liebe genoss. Sie trennten sich stundenlang nicht, bis die Sklavin kam und zum Aufbruch mahnte, da die Zeit heranrückte, während der ihr Herr zurückkehren konnte.

Von nun an waren sie jeden Tag zusammen und vertrieben sich die Zeit während der Abwesenheit des Alten in der angenehmsten Weise. Armud hatte ein solches Glück, wie es über sie gekommen war, noch nicht gekannt.

Sie wurde wieder lebendig und fröhlich; ihre Wangen erhielten wieder ihre ursprüngliche Röte, die derjenigen einer reifen Birne von der obersten Spitze des Baumwipfels, wo sie der Sonne ausgesetzt ist, glich; ihre Augen erhielten ihren tiefen Glanz wieder und ihre Stimme den weichen Klang, so dass ihr Lachen dem Ruf der Wachtel und ein Lied aus ihrem Mund dem Abendwind glich, wenn er Rosen bewegt und geschwängert mit deren Duft von dem Laub der Myrte zerschnitten wird.

Dem Scheich gefiel das Aufleben seines Weibes sehr. Er war überzeugt davon, dass die schöne seidenhaarige Katze die Ursache dafür war. Er ließ nicht ab, ihr täglich Aufmerksamkeiten zu erweisen, und brachte ihr auch wertvollen Schmuck mit, wie ihn indische Händler feilhielten.

So sagte er eines Tages: »Ich bin glücklich, o mein Kind, dich wieder lustig zu sehen, und es ist gut, dass ich dir die Katze brachte. Der Händler, dem ich sie abkaufte, musste mir auch versichern und bei Allah und allen Propheten schwören, dass sie artig ist und sich im Schoße halten lässt. Da du wieder gesund und munter bist, nehme ich an, du kannst deswegen keine Klage führen.«

Und seine Gemahlin entgegnete:

»Du hast recht, o mein Herr; ich kann über die Katze nicht klagen, wenn sie auch, wie eben alle Dinge in der Welt, nicht ohne Fehler ist. Denn wenn ihre Zeit gekommen ist, springt sie aus dem Schoß, mag man sie auch streicheln wie man will. Man soll also die Zeit der Gesellschaft, die sie bietet, sich zugute tun, und jede Dame, die gern eine im Schoß hat, soll sich sagen: Eine Katze ist eben kein Kaffeemörser. «

Die Worte brachte sie in übermütiger Laune hervor, so dass der Scheich von ihr entzückt war. Obwohl er den Sinn nicht begriff und sich auch, wie alte Menschen, keine Mühe machte, darüber nachzudenken, so wusste er doch, dass sein Weib einen Witz hervorgebracht hatte, und lachte mit ihr. Dann liebkoste er sie mit einer Ausdauer, die man ihm bei seinem Alter nicht zugemutet hätte, und sie ertrug es mit der Standhaftigkeit einer Moslema.

Eines Tages, als Armud wie jeden Tag sich in Gesellschaft ihres Geliebten befand, ihm die feinsten Speisen, die mannigfaltigsten Früchte und Tee reichen ließ und sich eng an ihn schmiegte, rief sie aus:

»Wie seltsam geht es doch oft in der Welt zu, und wie muss ich dir danken, du mein Geliebter, da ich doch bereits zwei Jahre verheiratet bin und bis vor kurzem, da du es mir verrietest, noch nicht wusste, dass der Mann das hat, was der Frau fehlt, denn es passt hinein wie der Kopf in den Turban.«

»Aber auch ich muss dir danken, o meine Freundin. Ich bin sogar dreimal länger verheiratet als du und kannte doch auch nur die Hälfte der Ehe!«

»Allah hat es so gewollt, und sein Name sei gepriesen«, sprach Armud, und der Damaszener setzte hinzu:

»Es war Allahs Ratschluss, und wir müssen uns fügen.« Aber nach einer Weile begann sie von neuem:

»Wie ist es nur möglich, dass du noch so unerfahren warst, da du doch ein schöner Mann bist und sich manche Frau, die dich sah, sicher danach gesehnt hat, deine Liebe zu genießen und dir das Zuckerstoßen beizubringen. Überdies kamst du doch auch mit Männern zusammen, die Erfahrungen in Liebessachen haben und dich hätten in die Geheimnisse einweihen können.«

»Teure Freundin und Geliebte meines Herzens«, begann hierauf der junge Mann. »Du bist weise und hast scharfen Verstand. Darum ist deine Ansicht richtig. Aber du musst das Leben in Betracht ziehen, das ich bisher geführt habe.

Ich will es dir erzählen:

Mein Vater ist ein reicher und angesehener Kaufmann von Damaskus. Wie du erfahren hast, kennt ihn auch dein Gatte. Er handelt mit Kaffee und Tee, und sein Kundenkreis erstreckt sich von Kairo bis Konstantinopel und Indien. Dabei ist es ihm nicht mehr möglich, Reisen zu unternehmen; denn er ist alt, und seine Füße sind gelähmt. Ich bin sein einziger Sohn und in seinem Geschäft tätig. Nun hat er mir vor mehr als fünf Jahren ein Weib verschafft, das ich auf sein Geheiß heiraten musste, obgleich es noch einmal so alt wie ich ist. Dazu wird er wohl seine Gründe gehabt haben, die außer ihm nicht nur Allah, sondern auch eine unserer Sklavinnen weiß, die mir mancherlei kundtat. Doch ich bin ein guter Moslem, befolge treu die Gebote des Korans und will mich nicht gegen meinen eigenen Vater auflehnen.

Aber ich sehnte mich schon oft nach einem jungen Weibe. Auch neckten mich meine Freunde oft wegen meiner alten Henne. Daher erstand ich bereits zweimal junge Sklavinnen und brachte sie heim, denn ich verfüge selbst über einige Ersparnisse. Nun musst du aber wissen, meine Geliebte und Honig meiner Seele, dass mein Vater ein arger Schelm und ein leidenschaftlicher Verehrer beutelloser Schenkel ist und in diesen Dingen nicht genug Abwechslung haben kann.

Da er nun seiner Lähmung wegen an das Haus gefesselt ist und sich nicht selbst auf die Jagd begeben kann, nahm er jede Sklavin, die ich

mitbrachte, sobald er sie sah, in Beschlag, indem er mir das Gesetz vorhielt, wonach die Kinder dem Vater gegenüber in allen Dingen zurückstehen müssen. Und wenn ich noch zwanzig gebracht haben würde, so hätte er auch diese mir entzogen. Ich habe aber nie gehört, dass sie über ihn geklagt hätten. Die alte Sklavin meinte oft zu mir, die Kraft seiner beiden lahmen Beine sei in sein drittes übergegangen.

So habe ich also nur meine blinde Henne kennen gelernt und deren Eigenheiten und Vorzüge als Muster der Frauen aufgefasst. Diese Reise nach Bagdad war die erste, die ich unternahm, und die erste Zeit, während der ich nicht unter der Aufsicht meines Vaters stand. Und Allah hatte das schon längst beschlossen, was unterwegs geschah, drum sei Allahs Name gelobt, und er sei bedankt, dass er das Tier, auf dem du rittest, umwarf, auf dass sich meines erhob, Allah zu Ehren, dir zur Lust und Freude und mir zur Erkenntnis des Rechten. Wie aber kam es, dass du ebenfalls so unwissend bliebest, da doch deine Freundinnen dich hätten aufklären können?«

Armud biss in die Lippen ihres Geliebten, küsste ihn viele Male und begann dann in heiterem Tone:

»Ich verstehe wohl deine Unkenntnis. Aber Allah hat sie zum Segen gewandelt, und ich will ihm für die Frauen danken, an die du deine Liebe nicht zu verschwenden vermochtest und sie mir daher aufspartest. Doch höre zu, damit du mein Verhalten begreifst:

Ich stamme aus dem Lande Irak, aus einem Dorfe bei Karadsch. Meine Eltern waren arm. Da kam eines Tages ein reicher Scheich von mehr als siebzig Jahren mit seinem Gefolge daher, sah mich auf der Straße spielen und ließ sich zu meinen Eltern führen. Diesen gab er fünfhundert Goldtomane und schloss mit ihnen einen Vertrag ab, wonach ich, sobald ich erwachsen sei, ihm als Frau angehören sollte. Meine Eltern glaubten nicht, dass der Alte so lange leben würde. Jedes Jahr kam er aber in meine Heimat und brachte reiche Geschenke mit, und im zehnten Jahre gab er meinen Eltern noch eintausend Goldstücke und nahm mich zum Weibe. Dieser Scheich ist mein Ehegemahl.

Meine Eltern hatten ihm versprochen, mich ihm als gut erzogene und unverletzte Jungfrau zu übergeben. Dieses Versprechen haben sie getreulich gehalten. Ich wurde streng bewacht und kam kaum einmal mit meinesgleichen zusammen, geschweige denn mit einem Mann, der mir gezeigt hätte, wie unpraktisch doch das Handwerkszeug von Menschenhand ist, wie praktisch dagegen das Instrument ist, das Allah, sich selbst zu Ehren, den Menschen angehängt hat, da man es bequem unterbringen kann, wenn man seiner nicht mehr bedarf.

Mein Gatte war immer zärtlich, er liebkoste mich von Anfang an einige Stunden des Nachts' und setzt dies auch jetzt noch fort. Da ich nur sein Instrument kannte, wähnte ich, so sei es bei allen Männern, und fand wenig Geschmack daran, noch dazu, da an meiner Scham die Haare ausgingen und sie - wie du siehst - so kurz gescheuert sind wie auf dem Fell bei einem alten Hunde. Ich aber meinte, das sei das Zeichen für verheiratete Frauen.

Da ich in Ispahan von den anderen Frauen meines Mannes beneidet und gehasst wurde, freute ich mich, in Begleitung der Dienerin, die du kennst, meinen Gatten auf seinen Reisen begleiten zu dürfen. Und auf dem Wege nach Bagdad geschah dies, was geschah, wofür Allah tausendfach gelobt sein soll, und mir wurde kund:

Dass das Teuerste auf Erden
Nicht so laut genannt soll werden,
Leise nur mit zartem Wink
Ist es dir zu Diensten flink.
Darum lerne, junges Weib:
Was du brauchst für deinen Leib,
Muss gerichtet sein nach oben,
Dass du laut kannst Allah loben.«

Einige Tage danach teilte der Scheich, als er aus dem Basar kam, seinem Weibe mit, dass er seine Geschäfte in Bagdad erledigt habe und die Abreise bevorstehe.

Infolgedessen wurde Armud wieder traurig. Der alte Kaufmann, dem der Umschwung in ihrer Gemütsverfassung natürlich nicht entging, vermutete richtig, dass die Katze wieder die Ursache ihres Kummers sei, und tröstete sie:

»Sei nicht traurig, o mein Kind. Katzen gibt es genug. Du kannst ja diese hier auch mitnehmen. Außerdem sollst du in Ispahan oder dort, wohin wir reisen und längere Zeit bleiben werden, so viele haben wie du magst.«

Und sie entgegnete, wie immer auf seine Rede eingehend, in ihrem Schmerze:

»O mein teurer Gemahl, eine Katze ist an das Haus gewöhnt, und wenn man sie von dort fortnimmt, wo sie aufgewachsen ist und woran sie hängt, ist sie zu nichts mehr nütze. Wohl gibt es Katzen genug, obwohl ich eigentlich in meinem Leben nie viele gesehen habe. Aber ich will auch an der Katze meinen Spaß haben. Was nützt mir daher eine, die ihre Natur verleugnet und um das Mauseloch herumschleicht, ohne hineinzulangen? Nicht Hunderte von dieser Art würden mich erfreuen. Eine wäre mir mehr wert als diese alle, wenn sie nicht nur Mäuse wüsste, sondern auch das Loch fände.«

Ihr Gatte suchte sie zu beruhigen und versprach ihr eine solche Katze, die noch von ihrem Naturtrieb beseelt sei und ihr Unterhaltung bereiten würde, koste sie auch eintausend Goldtomane.

Als nun der Geliebte Armuds wieder erschien und ihre Traurigkeit bemerkte, fragte er:

»O Geliebte meines Herzens und teuerste Freundin, welcher Kummer bedrückt dich? Lass es mich wissen; denn es quält mich, dich so leiden zu sehen, so dass ich mehr als du selbst leide.«

Und sie entgegnete: »Mein Freund, ein großer Schmerz ist über mich gekommen, und ich weiß, dass er mich auf das Krankenlager werfen wird, von dem ich mich nicht wieder erholen werde.«

Der Damaszener erschrak heftig und rief:

»Bismillah, welches ist dein großer Schmerz?«

»Gestern Abend kam mein Gatte zurück und sagte mir, dass er seine Geschäfte alle erledigt habe und die Abreise bevorstehe.«

Darauf begann sie zu weinen und zu schluchzen, und ihre Tränen flossen aus ihren dunklen Augen wie zwei silberne Bäche aus dem Innern der Berge über Wiesen mit Hyazinthen und Narzissen. Er küsste ihr die Tränen aus den Augen, und dann begann er selbst heftig zu weinen.

»Warum weinst du?« sagte sie.

Und er antwortete:

»Wie kannst du fragen, o meine Herrin? Soll ich nicht weinen, wenn ich dich so traurig sehe? Und wie soll ich die Trennung ertragen? Nein, ich werde sie nicht ertragen können, ich weiß bestimmt, dass sie mich zugrunde richten wird. Denn wisse, Geliebte, auch ich habe meine Geschäfte schon längst erledigt, und der Urlaub, den mir mein Vater gegeben hat, ist schon um viele Tage überschritten. Jedoch wollte ich lieber den Zorn meines Vaters über mich ergehen lassen, wenn ich verspätet zurückkehre, als mich von dir trennen.«

Nach dieser Rede des jungen Mannes weinten die Liebenden noch heftiger, schluchzten laut und umarmten sich innig. Und als sich die Katze zum Sprung bereit gemacht hatte, streichelte Armud sie und rief aus: »O du mein süßes Kätzchen, wie trüb wird mir das Leben sein, wenn ich dich nicht mehr habe.«

Da hielt der Geliebte inne und fragte verwundert:»Ist es die Katze, von der dir die Trennung so schwerfällt?« Denn er wähnte, ihr Herz hänge an dem Tiere, das ihr der Kaufmann gebracht hatte.Da nahm sie seinen Propheten, der ihr die Seligkeit verkündet hatte, liebevoll zwischen ihre Hände und sprach in Tränen:

»Ja, Glück meines Lebens, dieses ist das Kätzchen, das ich meine. Denn wisse, da mich mein Mann nach meinem Kummer fragte, sprach ich von dir und deiner Kostbarkeit im Gleichnis zu ihm von einer Katze, weshalb er mir ein solches Tier zum Trost ins Haus bringen ließ.«

Nachdem sie sich einige Zeitlang gekost hatten, brach ihr Leid umso heftiger hervor, und sie rief aus:

»Könnt' ich doch ewig bei dir sein!«

Darauf jammerte er:

»Oh, brauchte ich mich doch nie mehr von dir zu trennen!«

Dann hielten sie sich fest in den Armen und stöhnten und schluchzten so laut, dass die Sklavin hereinkam, weil sie fürchtete, ihrer Herrin könnte irgendetwas zugestoßen sein. Armud sah sie eintreten, bedeckte ihre und seine Blöße mit einer Decke und sprach zu ihr: »Du bist klug und erfahren. Darum möchte ich dich etwas fragen.«

»Frage, meine Gebieterin«, entgegnete die Sklavin.

Und Armud fuhr fort:

»Ist es wider das Gebot Allahs, wenn ein Mann seine Frau verlässt oder ein Weib seinen Mann?«

Die Sklavin gab zur Antwort:

»Der Mann hat das Recht, sich von seiner Frau scheiden zu lassen. Er kann sie wieder heiraten und danach noch zweimal die Scheidung einreichen. Eine Frau darf aber ihren angetrauten Gatten niemals verlassen, es sei denn, dass er sie freigibt.«

Diese Antwort vergrößerte nur den Schmerz des jungen Weibes.

»Gibt es da keine Ausnahme?« fragte sie.

»O doch, es gibt schon Ausnahmen, die nicht zur Sünde angerechnet werden, wenn die Frau den Gatten verlässt«, erwiderte die Gefragte.

Und die Sklavin deklamierte:

»Das Leben soll ein Rosengarten sein.
Drum haltet ja die Rosensträucher rein!
Bedenkt: Nichts hässlicheres gibt es anzusehen,
Als wenn verwelkte Rosen neben Knospen stehen.
Nur junge Rosen soll ein Bäumchen haben,
Damit sie sich mit bunten Faltern laben.

Es gibt auch noch ein anderes Lied, in dem heißt es:

Ein alter Bock ist schädlich für die Herde,
Denn er bespringt die jüngsten Schafe gern
Und hält vor Gier mit drohender Gebärde
Die jungen Böcke von den Weibchen fern.
Doch da dem Glied die Steifheit fehlt zum Stoß,
Erreicht er nicht das so ersehnte Ziel,
Und unfruchtbar bleibt vieler Weibchen Schoß,
Denn junge Kraft vergeudet sich im Spiel.«

Armud hatte aufgehört zu schluchzen.

»Weißt du noch einige Verse?« fragte sie.

»Ja«, entgegnete die Sklavin, »noch einige, in denen es der Dichter deutlicher sagt:

Seht dort den Weißbart bei der jungen Taube! Hinweg, du Strick, sonst spürst du meine Faust. Geh hintern Zaun und reite eine Eule, vielleicht auch findest du einen, der dich zaust.«

Als das unglückliche Weib diese Verse hörte, leuchteten seine Augen auf, und es rief nach einigem Nachdenken aus:

»Allah ist streng in seinen Gesetzen, aber er lässt doch auch dort Milde walten, wo es angebracht ist. In diesen Versen ist es ja gesagt, dass es gegen die Natur verstößt, wenn ein Greis sich mit einer Jungfrau paart. Weshalb soll ich mich auch, da mein Blut heiß ist, um das bringen lassen, auf das ich Anspruch habe, da du, o mein Geliebter, mir verraten hast, was ich als Weib verlangen kann?«

Die Sklavin sagte: »Die Verse der alten Dichter und Weisen, die ich dir vortrug, sprechen von deinem Los, o meine Herrin. Sie lassen aber auch dein Recht durchblicken. Und wenn du dir dieses nimmst, so wird Allah dir nicht zürnen; denn er will, dass der Leib eines Weibes fruchtbar sei.«

Und im Übermaß der Freude umarmte ihre Herrin sie:

»O du Gute, ich werde dir deinen Rat zu danken wissen. Unfruchtbarkeit eines Weibes ist Schande. Und da mein Gemahl mir meine Sehnsucht nicht stillen kann und mich durch sein Unvermögen bei den Menschen in Unehre bringt, so ist mir das Recht gegeben, mich von ihm zu trennen, um so mehr, als er mich - das weiß ich bestimmt - niemals freigeben würde, soviel ich ihn auch bitten möchte. Er würde vielleicht misstrauisch werden und mich in Zorn und Eifersucht töten.«

Der Damaszener hatte mit klopfendem Herzen die Worte Armuds vernommen, und als sie geendet hatte, herzte und küsste er sie und sprach:

»Wie ich dir schon erzählte, habe ich für meinen Vater hier Geschäfte zu erledigen gehabt. Ich habe eine große Summe Geld eingenommen, die genügen wird, dass wir, wenn du willst, nach Indien reisen können, wo ich einen Handel eröffnen werde.«

Sie warf sich an seine Brust und rief: »O Honig meines Lebens, wie sollte ich nicht mit dir gehen wollen, da ich dir ja erst mein richtiges Dasein zu verdanken habe. Ich habe Schmuck, der mein eigen ist und hohen Wert hat. Ihn können wir verkaufen, so dass wir ebenfalls Geld erhalten und für lange Zeit zu leben haben. Doch wird dir dein Vater nicht zürnen?«

»Ich werde meinen Vater von meinem Plan in Kenntnis setzen, indem ich Reisenden, die nach Damaskus ziehen, einen Brief mitgebe«, entgegnete der Geliebte. »Ich bin sein Erbe, daher steht mir das Geld zu, umso mehr, als er mich bisher stets sehr knapp gehalten hat. Und ich werde ihm schreiben, dass ich zu alt bin, als dass ich noch Lust hätte, jede Nacht vor verschlossener Tür zu stehen, während er nach Herzenslust Zucker stampft und dabei seine beiden Klingeln läuten lässt.«

Doch plötzlich begann die Sklavin laut zu weinen und zu schluchzen.

»Weshalb weinst du?« fragte ihre Herrin.

»Oh, weshalb soll ich nicht weinen, da meine geliebte Herrin von mir geht und damit das Licht meines Daseins erlischt und ich die Erquickung meiner Seele verliere.«

Aber Armud tröstete sie:

»Sei ruhig, du wirst bei mir bleiben. Ich werde dich mit mir nehmen, damit du mir weiter dienen kannst.«

Der junge Mann beschloss nun, in Kürze, ehe die Abreise des Scheichs erfolgte, flinke Kamele zu mieten, mit denen sie nach Indien fliehen wollten. Doch Armud, die wiederholt den Beweis von der Schärfe ihres Verstandes gezeigt hatte, hielt ihm entgegen:

»Sobald ich verschwunden sein werde, wird sich mein Mann an die Wachleute wenden, um mich überall suchen zu lassen. Auch wird er nach allen Richtungen hin auf den Straßen Schnellreiter senden und eine hohe Belohnung aussetzen für den, der mich zurückbringt, denn er ist über alle Maßen reich und spart nicht, wo es sich um mich handelt, wie er schon oft bewiesen hat, weil er mich liebt und als die Ergötzung seines Alters betrachtet. Darum schlage ich vor, o mein herzliebster Freund, du mietest in einem entlegenen Stadtteil ein Haus, wo wir uns verbergen und so lange bleiben, bis man die Suche nach mir aufgegeben hat. Sodann kaufst du schnellfüßige Reittiere, und wir begeben uns nach Indien, suchen uns ein Heim, du treibst deinen Handel, und wenn du nach Hause kommst, wollen wir uns so lange erfreuen, als der Wächter des Granatapfelgartens sein Haupt nicht zum Schlafe hängen lässt.«

Er fand den Plan ausgezeichnet; sie beschlossen, am nächsten Tag ihn auszuführen. Als der Scheich an diesem Tage nach Hause kam, fand er sein Weib aufgeräumt und heiter vor.

»Nun, hast du es dir überlegt?« fragte er. »Willst du deine Katze mitnehmen, wenn wir reisen, oder soll ich dir in Ispahan eine andere kaufen?«

»Mein Herr und Gemahl«, antwortete sie. »Ich weiß mit der hiesigen Katze nichts anzufangen. Die Katzen von Ispahan sind, fürchte ich, von demselben Schlag wie die von Bagdad, liegen langgestreckt umher, einer toten Schlange gleich, wenn man sie aufnimmt, und sind kaum imstande, einen Buckel zu machen, noch viel weniger dazu fähig, wie man es doch als Frau liebt, mit einem Satz in den Schoß zu springen. Deshalb habe ich beschlossen, mir eine von den syrischen Katzen zu kaufen, die schön und tapfer und so tüchtig im Sprung sein sollen, dass sie mit einem einzigen Ansatz den Libanon nehmen und bis zu dem Antilibanon vordringen. Deshalb bitte ich dich, o mein Gemahl, mir morgen zu gestatten, mich mit meiner Sklavin ausgehen zu lassen, um das Tier anzusehen und es vielleicht zu kaufen.«

Und ihr Gatte gab ihr die Erlaubnis zum Ausgang und auch Geld für den Kauf der Katze.

Inzwischen hatte in einem entlegenen Viertel von Bagdad der Damaszener ein Haus gefunden und es gegen gute Bezahlung gemietet, doch hatte er dem Eigentümer zur Bedingung gemacht, dass dieser niemandem über die Bewohner, eine Dame mit ihrer Sklavin, Aufschluss erteilen dürfe, was dieser auch bei Allah und allen seinen Propheten schwor.

Am anderen Tage, nachdem der Scheich ausgegangen war, raffte Armud Geschmeide, Schmuck und Kostbarkeiten zusammen, kleidete sich in das schönste Gewand, das sie besaß, nahm einige der feinsten Hemden, Tücher und Hosen, die ihre Dienerin unter ihrem Mantel verbarg, ließ aber sonst alles so liegen, wie es war, und entfernte sich mit ihrer Sklavin aus dem Hause. In einer Nebengasse, unweit des Hauses, erwartete ihr Geliebter sie und führte sie in das von ihm gemietete Haus.

Als der Scheich zurückkam, war er sehr erstaunt, sein Weib nicht anzutreffen. Er glaubte, der Katzenkauf habe sie zu lange aufgehalten. Doch als es immer später wurde und sein Weib nicht kam, ging er auf die Straße hinab dem Basar zu, dann wieder zurück und meldete es schließlich den Schutzleuten; denn es kam ihn Angst an, weil er annehmen musste, dass ihr etwas widerfahren sei. Auch ließ er berittene Wachleute noch in derselben Nacht auf allen Straßen, die von Bagdad fortführten, galoppieren, wofür er beim Polizeioberst eine hohe Summe hinterlegen musste; denn er meinte, Armud könne entführt worden sein, und sein Verdacht fiel gleich auf den Damaszener, gegen den er bereits auf der Reise nach Bagdad Argwohn geschöpft hatte.

Aber alle Nachforschungen nach dem jungen Weibe und der Sklavin verliefen ergebnislos, so dass der Alte sehr traurig wurde. Da ließ er bekanntmachen, dass er einhundert Goldtomane Belohnung für denjenigen aussetze, der ihm über den Verbleib seines Weibes Nachricht brächte. Und als es bekannt wurde, dass sein Weib eine Schönheit von siebzehn Jahren, er dagegen ein Greis von achtzig Jahren war, konnte sich jeder erklären, wie die Sache lag.

Armud verließ niemals das Haus, in das sie der Damaszener gebracht hatte, und auch ihre Sklavin nicht, da sie doch gewärtig sein mussten, den Alten zu treffen. Sie war glücklich und erfreute sich Tag und Nacht ihrer syrischen Katze; denn auch ihr Geliebter ging ebenfalls selten und dann nur in der Verkleidung eines indischen Kaufmanns aus, um Einkäufe zu machen, da er damit rechnen musste, dass der Scheich nach ihm forschen lassen und ihn bei der Polizei als Entführer oder Mörder seines Weibes anzeigen würde. Das war auch der Fall, und als er sich einmal länger in dem Basar aufgehalten hatte als nötig war, traf ihn das Verhängnis.

Schon hatte nämlich der Scheich die Hoffnung aufgegeben, sein Weib wiederzufinden, und Vorkehrungen zur Abreise von Bagdad nach Ispahan getroffen, als er eines Tages noch einmal durch den Basar schlenderte und plötzlich den Damaszener trotz dessen Verkleidung als indischer Kaufmann erkannte.

Er ging auf ihn zu und schrie:

»O du Mörder meines blühenden Weibes! Mörder! Herbei, Ihr Wachleute! Mörder!«

Der Damaszener lächelte und sagte, dass er sich täusche, und suchte Gelegenheit zu entwischen. Aber im Nu umstand die beiden Männer ein Haufen Volkes. Schutzleute waren auch bald zur Stelle, nahmen den falschen Inder fest und schleppten ihn ins Wachlokal, wo der Scheich angab, dass dieser kein Inder sei, vielmehr eines Kaufmanns Sohn aus Damaskus mit Namen Soundso. Er sei mit ihm nach Bagdad gekommen, da der junge Mann unterwegs ihn gebeten hatte, sich ihm anschließen zu dürfen. Schon damals habe er begehrlich auf sein Weib geschaut, und es sei sicher, dass er ihr - als sie eine syrische Katze kaufen wollte - begegnete, sie irregeführt, seine Lust an ihr gestillt und sie danach ermordet und beraubt habe.

Als der Kadi die Angaben des Scheichs prüfte und sie als richtig befand, da der Damaszener auch nicht lange seine Person verleugnete, weil man außerdem bei ihm eine Spange fand, die er von Armud geschenkt erhalten, damit er sie als Talisman tragen sollte, und die der Scheich mit dem Ring, den er ihm seinerzeit gegeben hatte, wiedererkannte, da glaubte auch der Richter daran, dass der Festgenommene ein Mörder sei, obwohl der Alte selbst die Ermordung seines Weibes nicht annahm, vielmehr diese Angaben lediglich deshalb gemacht hatte, um seinen Hass an seinem jungen Nebenbuhler zu kühlen.

Der Damaszener leugnete. Er gab an, die Frau des Kaufmanns seit der Herreise nicht mehr gesehen zu haben. Die Spange habe er seinerzeit von ihr erhalten, als er ihr in einer unglücklichen Lage geholfen habe. Dass er sich als indischer Kaufmann gekleidet, habe seinen Grund darin, dass er in Kürze beabsichtige, sich in Gesellschaft indischer Reisender nach Indien zu begeben und dort länger zu verweilen. Diese Angaben befriedigten den Kadi nicht. Der Scheich spendete für ihn und die Schergen viele Geschenke. Infolgedessen spielte man dem

Damaszener arg mit; man peitschte ihn und verlangte von ihm, er solle den Aufenthalt der Verschwundenen angeben.

Aber der junge Mann ertrug die Foltern standhaft und antwortete auf die Fragen des Henkers nur, dass ihm nichts bekannt sei. Denn er sagte sich, wenn er die Wahrheit gestehen würde, so werde ihm zwar nichts mehr geschehen, doch würde der geile Alte sein Weib und deren Dienerin in dem Hause aufsuchen und sicher töten. Aus diesem Grunde wollte er für sie lieber den Tod ertragen, und überdies hoffte er auf Allah, der ihm sicher einen Ausweg zeigen würde, da ja der Alte die Vermehrung der Gläubigen verhinderte, er aber in seinem Kerker dem einzigen Gott bei seinem Leben schwor, alles, was in seiner Kraft stünde, zu tun, um die allein richtige Lehre auszubreiten und, sooft es ihm möglich sei, seinen Propheten in das dunkle und unerforschte Gebiet zu schicken, um neue Moslems zu erwecken, so dass bei jedem Ruf wenigstens einer auferstehe.

Der Eigentümer des Hauses, in dem sich Armud verborgen hielt, war ein habgieriger Kerl. Obwohl er eine hohe Bezahlung erhalten hatte, forderte er doch immer mehr, als er von der ausgesetzten Belohnung des Alten gehört hatte. Als nun gar der Damaszener festgenommen worden war, wurde der Hausbesitzer noch unverschämter. Er ging zu Armud und erzählte ihr, dass ihr Geliebter, über dessen Ausbleiben sie sich bereits grämte, verhaftet worden sei und hingerichtet werden solle, weil es ans Tageslicht gekommen, dass er einer Räuberbande angehöre. Wenn sie also ihm nicht die einhundert Goldstücke geben würde, die als Belohnung für die Angabe ihres Aufenthaltes ausgesetzt seien, so würde er zum Richter gehen, ihm alles verraten und sich die Summe auszahlen lassen.

Die kluge Armud wusste sogleich, wie es stand. An das Räuberleben ihres Geliebten glaubte sie nicht. Jedoch ahnte sie, dass ihr Gatte ihn erkannt haben könnte, so dass er verhaftet und dass er nun auf Bezahlung des Alten hin gefoltert wurde, damit er Näheres über sie angeben solle.

Sie erklärte sich daher bereit, dem habgierigen Kerl eine Summe von der Höhe der ausgesetzten Belohnung des Scheichs zu zahlen, setzte aber hinzu, dass sie augenblicklich nicht im Besitz der Goldstücke sei, sie aber sofort besorgen werde. Bis dahin solle er eine Kette als Pfand in Empfang nehmen, die mindestens den fünffachen Wert hätte.

Der Hausbesitzer ging auf den Vorschlag ein. Armud kleidete sich darauf sogleich schön an, legte ihren feinsten Schmuck um, färbte sich ihre Fingernägel und rieb sich mit wohlriechenden Ölen ein. Darauf verließ sie mit ihrer Sklavin das Haus und begab sich schnurstracks zum Oberrichter. Als der sie kommen sah, geriet er in Entzücken und Erregung und hatte sein Urteil bereits gefällt, ehe er wusste, um welche Sache es sich handelte. Sie aber sprach:

»Ich bin Armud, das angetraute Weib des Scheichs von Ispahan. Man sagt, ich sei ermordet, und man hält einen Mann aus Damaskus gefangen, den man schlägt und quält, weil er die Schuld an meinem Verschwinden tragen soll. Dem ist aber nicht so. Daher bitte ich, ihn auf der Stelle freizulassen.«

Der Großkadi gab sofort den Befehl, dass man den Gefangenen bringen solle. Gleichzeitig ließ er den Gemahl Armuds kommen. Als dieser sein Weib sah, rief er aus:

»O mein Kind, wo warst du so lange Zeit? Bist du in Syrien gewesen, um dir eine Katze zu kaufen?«

Und er wollte sogleich sein Weib in Empfang nehmen und nach Hause gehen.

Doch sie entgegnete: »So ist das nicht gemeint. Ein Katzenkauf ist kein Pferdehandel, er ist ebenso heikel wie eine Brautschau.«

Hierauf forderte der Richter die Anwesenden auf, ihre Beschwerden und Beweise vorzubringen.

Als erstes gab der Alte an:

»Dies ist mein Weib, Armud genannt. Sie ging aus, um - wie sie mir am Tage zuvor erklärte - eine syrische Katze zu kaufen. Sie kam nicht mehr zurück. Nun nahm ich an, dieser Mensch hier habe ihr aufgelauert, sie ermordet und beraubt, nachdem er zuvor seine Lust an ihr gestillt hatte. Aber dem ist - wie ich sehe - nicht so. Sicher steht er mit dem Katzenkauf in Verbindung. Doch will ich meine Klage zurücknehmen und mich mit meinem Weibe nach Hause begeben.«

Darauf sprach Armud:

»Dieser ehrwürdige Herr hier ist mein Gemahl. Es ist wahr, ich ging aus, um mir eine syrische Katze zu kaufen, und er gab mir die Erlaubnis und Geld dazu. Der Grund aber, weshalb ich nicht wieder zurückkehrte und weshalb ich nicht wieder mit meinem Gatten auf sein Lager zurückkehren will, ist der, dass eine Ispahaner Katze und eine syrische Katze zwei so verschiedene Dinge sind, dass man sie niemals miteinander verwechseln kann.«

Da begriff der Kadi, worum es sich handelte. Der Alte aber rief:

»Wie? Du willst nicht mehr zu mir zurückkehren? Hast du jemals an etwas Mangel gelitten? Im übrigen gehörst du mir, da ich dich gekauft habe, und ich habe gar nicht die Absicht, dich freizugeben.«

»Du warst stets lieb und gut zu mir, so dass es mir an nichts mangelte«, erklärte Armud. »Aber dafür hast du mich auch um vieles gebracht.«

»Erkläre dies näher«, sagte der Kadi.

»Wenn ein Nabob seinen Bezirk gut verwalten und sich bei den Bewohnern Respekt verschaffen will«, fuhr das kluge Weib weiter fort, »dann muss er sein Haupt in Stolz und hoher Miene zeigen. Und wenn dies nicht der Fall ist, bringt das Land nichts ein, und der Sultan jagt den Verwalter davon. Wahrlich, bei Allah, das Haupt des Nabobs dieses Herrn ist mir in den zwei Jahren seiner Verwaltung nicht ein einziges Mal zu Gesicht gekommen, und sein Gouvernement lag wüst und leer da, brachte dem Sultan keinen einzigen Steuerzahler und Allah keinen Verkünder seiner Güte und Allmacht.«

Da wurde der alte Kaufmann verlegen. Der Richter war aber ein kluger Mensch und guter Moslem. Er begriff den Sinn der Anklage des Weibes klar und deutlich. Doch sprach er zu ihr: »Dieser Herr ist dein rechtmäßiger Gatte. Er hat Anspruch auf dich, und da er dich nicht freigeben will, so musst du ihm folgen. Der Gefangene aber kann gehen, wohin er will.«

Armud aber rief aus: »Ich bin dieses Herrn Weib, und er hat mich bezahlt, und ich werde ihm alles zurückerstatten, aber ihm nicht folgen; eher werde ich mich töten. Denn das Leben mit ihm ist gegen Allahs Gebot, und ich bin eine gute Moslema, gut unterrichtet im Koran und erzogen in der Furcht vor Gott und seinen Geboten. Unfruchtbarkeit eines Weibes aber ist Schande, doch liegt die Unfruchtbarkeit nicht an mir. Denn hört, was die Dichter sagen:

Das Leben soll ein Rosengarten sein,
Drum haltet ja die Rosensträucher rein!
Bedenkt: Nichts hässlicheres gibt es anzusehn,
Als wenn verwelkte Rosen neben Knospen stehn.
Nur junge Rosen soll ein Bäumchen haben,
Damit sie sich mit jungen Faltern laben.

Und in einem andern Liede heißt es:
Ein alter Bock ist schädlich für die Herde,
Denn er bespringt die jüngsten Schafe gern
Und hält vor Gier mit drohender Gebärde
Die jungen Böcke von den Weibchen fern.
Doch da dem Glied die Steifheit fehlt zum Stoß,
Erreicht er nicht das so ersehnte Ziel.
Und unfruchtbar bleibt vieler Weibchen Schoß,
Denn junge Kraft vergeudet sich im Spiel.

Klar und deutlich sagt es aber ein Dichter in folgenden Versen: Seht dort den Weißbart bei der jungen Taube! Hinweg, du Strick, sonst spürst du meine Faust. Geh hintern Zaun und reite eine Eule, vielleicht auch findest du einen, der dich zaust. «

Als die Anwesenden die witzige und geistreiche Rede der Armud und die Verse vernahmen, gaben sie ihren Beifall kund; nur der Alte ließ den Kopf betrübt hängen. Nach einer Weile sprach er: »Sie ist mein Weib. Das Gesetz steht auf meiner Seite.«

Der Richter, der Armud wohlgesinnt war, aber doch Gerechtigkeit zu üben hatte, setzte bestätigend hinzu: »Das Gesetz steht auf seiner Seite; denn der Mann hat Verfügungsrecht über das Weib.«

Und keiner konnte dem widersprechen. Aber die beredte Frau begann von neuem:

»Es ist wahr, das Gesetz schreibt vor, dass die Ehefrau Besitz des Mannes ist. Und diesem Gesetz füge ich mich, da ich eine gute Moslema bin. Aber was ist ein Mann? Und was ist ein Weib? Wie unterscheiden sich beide? Das Weib hat keinen Bart, zwei runde Erhöhungen auf der Brust, dem Mann von der Wiege bis zur Bahre zur Erquickung, und am Unterleib eine Rundung in der Größe einer Nuss mit einem Schlitz, von Haaren eingefasst, der zu einer Juwelentasche führt, deren Unergründlichkeit bekannt ist. Ich bin ein solches Wesen. Ein Mann hat folgende Unterschiede: Einen Bart, eine gewölbte Brust ohne Rundungen und am Unterleib einen Beutel mit zwei Mandeln und einem Schlauch, nach deren Größe der Mann einzuschätzen ist. Aber das macht noch nicht den Mann aus. Der Schlauch muss die Fähigkeit haben, sich in einen festen Dolch zu verwandeln, und diesen muss der Mann ohne Zuhilfenahme der Hände dem Weibe in die Scheide stoßen können. Wer aber eine solche Einrichtung da vorne hängen hat, ohne diese Forderung erfüllen zu können, was ist dieser?«

Da riefen einige:

»Ein Verschnittener!«

»Und wenn er nicht verschnitten ist«, fuhr sie fort, »ist er dann auch ein Mann?«

Darauf sprachen sogar verschiedene Beamte:
»Nein, dann ist er kein Mann.«
»Seht Ihr«, fiel Armud ein. »Dieser mein angetrauter Gatte vermag es nicht. Wie kann ich ihm also untertan sein?«

»Hast du dafür Beweise?« fragte der Richter.

»Beweise? Wie soll ich das beweisen, da es genug Frauen gibt, die kein Kind bekommen«, entgegnete die Klägerin. »Aber unter Zeugen soll er das Gegenteil beweisen von dem, was ich hier behaupte, und ich will ihm zum Füllen seines Schlauches eine Stunde Frist geben von dem Zeitpunkt an gerechnet, da er sich zu mir gelegt hat.«

Da mussten alle Anwesenden lachen, und der Kadi selbst konnte nicht ernst bleiben. Der Scheich aber erhob sich, stellte die Scheidungsurkunde aus und entfernte sich beschämt und voll Wut, so dass er sogar vergaß, seine Sklavin mit sich zu nehmen.

Darüber waren alle sehr erfreut, nicht wenig auch der Richter, der durch die unvergleichliche Beredsamkeit des Weibes aus arger Verlegenheit gerissen wurde.

Der Damaszener hatte bei alledem kein Wort gesprochen. Es hatte auf ihn gar keinen Eindruck gemacht, als der Kadi ihn frei erklärte. Spannend verfolgte er die scharf durchdachte Rede seiner Geliebten, voll von größter Neugier, wie wohl der Prozess enden würde; dabei wiederholte er den Schwur, den er im Kerker Allah geleistet hatte, und bei dem Anblick des schönen Weibes kam es ihm in den Sinn, dass es ihm sehr leicht werden würde, ihn zu halten.

Noch an demselben Tage ließen sich beide Geliebte die Heiratsurkunde ausstellen, und sie rüsteten ein schönes und reichhaltiges Hochzeitsmahl.

Vorher erbat sich Armud aber noch vom Kadi zwei Schutzleute aus, die sie begleiten sollten, und führte sie in das Haus, in dem sie sich verborgen gehalten hatten, und sprach zu ihnen:

»Meine Herren, mir ist in diesen Tagen ein kostbarer Schmuck abhanden gekommen. Er stellt eine Halskette dar, handgeschmiedet aus Gold und mit Saphiren geschmückt. Ich bin nie ausgegangen und habe die Kette nicht getragen. Sie kann mir nur in meiner Wohnung gestohlen worden sein. Ich habe den Hausbesitzer in Verdacht. Denn kein anderer kann sich hier Zutritt verschaffen. Auch ist er ein habgieriger Mensch. Ich bitte deshalb, ihn festzunehmen und bei ihm Nachsuchung nach dem gestohlenen Gegenstand abzuhalten.«

»Wir werden tun, was unsere Pflicht ist«, sagten die Wachleute, und sie entdeckten auch tatsächlich bei dem Hauseigentümer den beschriebenen Schmuck.

Obwohl er nun beteuerte, ihn nicht gestohlen, sondern ihn vielmehr von Armud vorläufig bis zur Zahlung von einhundert Goldstücken erhalten zu haben, so glaubten sie ihm nicht, verhafteten ihn vielmehr und schlugen und züchtigten ihn schwer. So erhielt auch der habgierige Erpresser infolge der List eines Weibes seinen ihm gebührenden Lohn.

Der alte Kaufmann ließ alle seine Waren und Sachen auf seine Tragtiere packen und verließ am anderen Tage Bagdad. Er nahm sich vor, in Zukunft seine Hände von jungen Mädchen zu lassen, und er sagte zu sich:

»Ich habe nicht gewusst, dass die syrischen Katzen so gut und von Frauen so bevorzugt sind.«

Das junge Paar begab sich nach Indien und nahm die treue Sklavin mit. Dort trieb der Damaszener Handel, bis ihn die Nachricht erreichte, dass sein Vater gestorben sei und ihm großen Reichtum hinterlassen habe, worauf er mit seinem Weibe Armud und deren Sprossen nach seiner Heimat aufbrach.

Und sie lebten glücklich, er verwaltete sein Gouvernement gewissenhaft, und sie genossen ihre Liebe, solange der Nabob sein Haupt stolz erhoben zeigen konnte, und dies geschah bis in ihr hohes Alter.

Seinen Schwur hat der Damaszener richtig gehalten. Die gläubigen Moslems hat er vermehrt, und da auch seine Nachkommen zahlreiche Kinder hatten, seitdem überdies einige hundert Jahre vergangen sind, so ist anzunehmen, dass ein König allein aus ihnen ein gewaltiges Heer bilden kann, um die Ungläubigen zu vernichten.

Die Geschichte von Armud und dem Scheich aus Ispahan ist nicht in Vergessenheit geraten und dient noch heute jedem alten Sünder, der sich unter die Jugend mischt, in die er nicht gehört, zur Warnung.

Der einfältige Apotheker

In der Stadt Hamadan lebte einst ein junger Mann von ganz ungewöhnlicher Schönheit. Er war hübsch, sang mit angenehmer Stimme, spielte wunderbar zur Laute und war überall gern gesehen.

Eines Tages machte er sich auf die Reise in die Fremde und kam nach Ispahan; nur die Laute und seine Lieder waren das Reisegepäck. Als er so durch die Straßen ging, kam er an dem Hause eines Apothekers vorbei, der ihn einlud. Er nahm gern an und setzte sich neben den Apotheker, der damit begann, ihn auszufragen. Nachdem unser Sänger die Neugierde des Persers befriedigt hatte, ließ dieser zu essen und zu trinken kommen, dann sagte er: »Wenn du hier dein Glück machen willst, so brauchst du nur mit deiner Laute durch die Straßen zu ziehen. Kommt dir dabei der Geruch einer guten Küche in die Nase, so tritt ruhig ein und sag, du seiest ein Sänger. Die Gäste werden entzückt sein und dich bitten, zu bleiben. Hast du ihnen dann etwas gesungen, und haben sie dein Talent erkannt, wird sich dein Ruf durch die ganze Stadt verbreiten, und dein Glück ist gemacht.«

Der Sänger dankte für den guten Rat und ging, ihn zu befolgen. Aber bis zur Mittagsstunde fand er keinen, der ihn zum Mahle einlud. So betrat er schließlich ein ganz enges Gässchen, um sich dort im Schatten auszuruhen. Da stand ein schönes und weitläufiges Haus, an dessen Mauer er sich niederlassen wollte. Während er so hinaufschaute, öffnete sich ein Fenster, und er sah eine weibliche Hand, schön wie der Mond. Gleichzeitig hörte er die schöne Frau, die das Fenster geöffnet hatte, sagen: »Weshalb stehst du da unten? Willst du etwas?«

Er antwortete: »Ich bin ein Sänger und fremd hier.«

»Was sagtest du wohl dazu«, ließ sich die Stimme wieder hören, »wenn man dir ein gutes Mahl in Gesellschaft einer hübschen Frau anböte?«

»Das ist es gerade, was ich suche, da ich so durch die Straßen gehe!«

Da öffnete sie ihm auch schon die Tür, führte ihn in das prächtigste Gemach des Hauses und setzte ihm ein köstliches Mahl vor. Er ließ es sich gut schmecken, trank tapfer und vergaß nicht, auf die herausfordernden Neckereien der jungen Frau zu antworten. Schließlich gingen die Scherze so weit, dass er die Schöne küsste und wieder küsste zu ihres Herzens Freude. Als er sie eben aufgespießt hatte, kam der Gatte heim. Sie hatte gerade noch Zeit, ihren Geliebten unter einem Teppich zu verstecken, der in einer Ecke des Zimmers lag.

Der Ehemann bemerkte sofort das zerwühlte Sofa und dass die Luft nach Wein roch. Er nahm seine Frau ins Verhör, und die sagte: »Eine meiner Freundinnen hat mich besucht, ich lud sie zu einem Krug Wein ein, sie ist soeben fortgegangen.« Der Mann glaubte ihr aufs Wort, blieb eine Weile und ging dann seinen Geschäften nach. Der Tropf war kein anderer als der Apotheker, der dem Sänger so gute Ratschläge gegeben hatte. Jener kroch unter seinem Teppich hervor und tat es der Dame zu Wunder und Gefallen bis zum Abend. Da gab sie ihm dann ein Goldstück und sagte: »Morgen kommst du wieder.« Er versprach es ihr und ging.

Er war zuerst im Bad gewesen und begab sich dann am nächsten Morgen zu seinem Freund, dem Apotheker. Der begrüßte ihn herzlich und fragte ihn, wie er den Tag verbracht habe.

»Ich bin dir sehr dankbar, mein Bruder«, sagte der Sänger, »denn du hast mir einen vortrefflichen Rat gegeben.« Und er begann, alles genau zu erzählen.

»Und wie sie gerade auf mir lag und sich auf die allerwollüstigste Art hin- und herbewegte, da klopfte ihr Esel von Mann an die Tür. Ich musste abziehen, und sie rollte mich schnell in einen Teppich. Aber der Dummkopf ging bald wieder, und wir vollendeten unter Lachen und Küssen unser Werk, ihn zum Hahnrei zu machen.«

Diese Worte stimmten den Apotheker nachdenklich. Der Ratschlag, den er dem Mann aus Hamadan gegeben hatte, tat ihm leid, und ein Verdacht gegen seine Frau, stieg ihm auf. Aber er ließ sich nichts anmerken und fragte den Sänger: »Und was sagte sie, als ihr euch trenntet?«

»Da hat sie mich auf den nächsten Tag eingeladen. Ich bin gerade auf dem Wege hin und nur für einen Augenblick bei dir eingetreten, um dir von meinem Glück zu erzählen.« Darauf empfahl er sich und ging.

Sobald der Apotheker den Sänger bei sich zu Hause angekommen dachte, schloss er eiligst den Laden, lief nach Hause und klopfte an die Tür, kurz nachdem der Sänger eingetreten war.

Die Schöne sagte zu ihrem Liebhaber: »Schnell, versteck dich in dem Koffer!« Der Sänger beeilte sich, und die Frau schloss den Riegel. Der Mann trat sehr aufgeregt ein. Er lief direkt zu dem Teppich in der Ecke und durchsuchte darauf das ganze Haus, während seine Frau ruhig auf dem Koffer saß. Da dachte der Apotheker bei sich: »Vielleicht gleicht das Haus, das mir der Sänger beschrieben hat, nur dem meinen, und es handelt sich um die Frau eines anderen.« Und von diesem Gedanken beruhigt, ging er wieder nach seinem Laden, und der Sänger stieg aus dem Koffer. Er nahm die unterbrochene Unterhaltung mit seiner Schönen erneut auf und führte sie bis zum Abend weiter. Da gab ihm die Dame wieder ein Goldstück und ließ ihn versprechen, am nächsten Tag wiederzukommen.

Am nächsten Morgen kam der Sänger zum Apotheker, der ihn herzlich willkommen hieß. Und er erzählte sein Abenteuer von gestern: »Gerade wie ich dabei bin, ihr die Liebe zu tun, kommt ihr Mann. So versteckte sie mich schnell in einem Koffer, auf den sie sich setzte, während der Mann das ganze Haus auf den Kopf stellte. Wie der Trottel dann weg war, befanden wir uns gleich wieder auf dem rechten Weg ins Paradies.« Diesmal war es dem Apotheker klar, dass es sich um sein Haus und um seine Frau handelte. Und als daher der Sänger sich empfohlen hatte, um, wie er sagte, zu seiner Schönen zu gehen, schloss der vor Eifersucht ganz tolle Apotheker seinen Laden und lief nach Hause. Die Frau sagte zum Sänger: »Wickle dich in den Teppich, der im andern Zimmer liegt.« Der wütende Apotheker lief gleich auf den Koffer zu und, als er darin nichts fand, durch alle Zimmer oben und unten im Haus, ohne etwas zu entdecken. Wieder kamen ihm Zweifel, und er machte sich heimlich Vorwürfe über seinen schlechten Verdacht und ging also beruhigt wieder nach seinem Laden. Das Spiel mit dem Sänger wurde darauf fortgesetzt wie sonst, und diesmal gab ihm die Frau zum Abschied eines der Hemden ihres Mannes und bestellte ihn auf den kommenden Tag.

Am nächsten Morgen machte der Sänger dem Apotheker seinen gewohnten Besuch und erzählte ihm das Abenteuer von gestern.

»Meine Schöne hatte gerade angefangen und meine Sache in ihre weiße Hand genommen, als ihr Mann kam und nichts Eiligeres zu tun hatte, als seine Nase in den Koffer zu stecken. Dann lief er im Hause herum wie ein Wahnsinniger, bis er ging; worauf wir unser Spiel wieder begannen. Schau, dieses Hemd, das hat sie mir gestern gegeben. Lebe wohl, ich muss wieder hin.«

Beim Anblick des Hemdes schwand dem Hahnrei der letzte Zweifel, und er schloss sofort seinen Laden, nachdem der Sänger fort war. Währenddessen war der Sänger bei seiner Dame angelangt, hatte sie auf das Sofa geworfen und wollte sich gerade über sie hermachen, als die Schöne sagte: »Nein, mein Liebling, nicht von der Seite.« Sie drehte sich um und führte den Pfeil mit ihrer eigenen Hand dorthin, wo sonst nicht für gewöhnlich sein Köcher ist. Aber dem Sänger gefiel das Spiel, und er war gerade dabei, seine Geliebte glücklich zu machen, als der Ehemann kam. Die Frau sprach: »Mach schnell und versteck dich im Backofen, aber schließ die Tür zu!« Er tat so, während die Frau ihrem Manne öffnete. Der hob ihr vor allem sofort die Röcke und steckte den Finger zwischen ihre Schenkel; aber er fühlte da nichts weiter als das Gewöhnliche. Der Strahl, der in die Schöne gefahren, war ja ganz woanders geblieben, wohin der gute Apotheker nicht fühlte. Wie ein Narr lief er durch das Haus, ohne an den Backofen zu denken. Darauf überlegte er lange und gründlich und kam zu dem Schluss, das Haus nicht früher als am nächsten Morgen zu verlassen.

Der Sänger begann, sich in dem Backofen zu langweilen, und wollte schon hinausgehen, als er den glücklichen Gedanken hatte, erst einmal durch einen Spalt in der Tür das Terrain auszukundschaften. Da sah er zu seiner großen Überraschung den Apotheker, seinen Freund. Betroffen von dem Streich, den er ihm, ohne es zu wissen, gespielt hatte, musste er doch auf seine Rettung aus dem Hause bedacht sein. Das Tor war fest verschlossen, so musste er über das Dach fliehen, wobei er in den Hof des Nachbarhauses kam. Unglücklicherweise erwischten ihn da die Hausleute und brachten ihn zum Hausherrn, einem rohen Afghanen, der ihn als vermeintlichen Räuber mit Schlägen traktierte.

»Ich bin kein Räuber«, schrie der Sänger, »sondern ein Fremder, der sein Brot mit Liedersingen verdient. Ich habe von euch sprechen gehört und bin gekommen, euch was vorzusingen. « Wie sie das hörten, befreiten die Leute ihn aus den Händen des Afghanen, der von nichts wissen wollte und darauf bestand, diesen Dieb umzubringen. So führten

sie ihn in ein Gemach, wo sie ihn erfrischten und ihn singen ließen. Alle erfreuten sich sehr an seinen Liedern und seiner Stimme, ganz besonders eine sehr hübsche Sklavin des Afghanen, die auch dem Sänger gar wohl gefiel.

»Wenn die Herrschaft schlafen gegangen ist«, sagte sie ihm leise, »komme ich zu dir.« Das Singen dauerte bis in die Nacht, worauf der Afghane ging und seine Sklavin mitnahm.

Der Zufall wollte, dass bald darauf der Afghane sein Zimmer verließ und der Wind ihm die Laterne verlöschte, die er in der Hand trug. In der Dunkelheit machte er einen Fehltritt und stürzte. Bei dem Geräusch, das der Afghane dabei verursachte, glaubte der Sänger, es sei seine hübsche Sklavin, die zum Stelldichein käme, lief also herbei, hob den Mann auf, küsste ihn und drückte ihn zärtlich an sich. Der Afghane, der an solche Art Liebkosungen nicht gewöhnt war, packte den Galan und schrie, dass das Haus aufwachte. Bei dem Lichte, das man herbeibrachte, erkannte man den Sänger. Darauf führte ihn der Afghane in den Hof, band ihn an einen Baum und ging.

Währenddessen hatte der Apotheker, der den Lärm im Nachbarhaus hörte und die Lichter von seinem Fenster aus sah, seinen Verdacht nicht verloren.

»Mein Junge«, sagte er sich, »hat sich ohne Zweifel da hinübergerettet.« So ging er in den Hof, nahm eine Leiter und stieg die Mauer hinauf, zog dann die Leiter zu sich empor, und während er auf der anderen Seite hinunterstieg, befreite die junge Sklavin den Sänger, die den Tumult im Hause benutzt hatte, um ihr Zimmer zu verlassen.

Der Apotheker zündet, wie er in dem fremden Hof ist, seine mitgebrachte Laterne an und geht mit einem mächtigen Knüttel auf die Suche. Der Sänger und die Sklavin aber finden die Leiter an der Mauer, steigen hinüber und nehmen darauf die Leiter des guten Apothekers mit auf die andere Seite, wo die beiden lachend von des Apothekers Frau empfangen und ins Haus geführt werden. Und während sie sich da gütlich tun, hat der Afghane in seinem Hof das Licht gesehen und steigt mit einem dicken Knotenseil bewaffnet hinunter, da er nichts anderes meint, als sein Gefangener hätte sich befreit. Den Apotheker hält er für seinen Komplizen und stürzt sich auf ihn. Der stellt seine Laterne auf den Boden und empfängt ihn nicht übel. Beide hauen einander mit Fluchen und Verwünschungen. Die junge Sklavin biegt sich vor Lachen, und da sie nichts von dem Schauspiel verlieren will, das die zwei einander sich prügelnden Hahnreie geben, legt sie sich ins Fenster und hebt dabei geschickt rückwärts die Röcke auf. Der Sänger lässt sich das nicht zweimal sagen und erfreut seine Geliebte von rückwärts, während er die Apothekersfrau küsst, die neben ihnen am Fenster liegt. Alle drei unterhalten sich aufs beste, sowohl an dem Vergnügen der Liebe als an dem Schauspiel der beiden Helden drüben im Hof.

Im gleichen Augenblick, da der Sänger seine höchste Lust zwischen den Hinterbacken der hübschen Sklavin fühlte, waren der Afghane und der Apotheker unten von Schlägen erschöpft hingesunken und die Nachbarn und Handelsleute herbeigeeilt. Da riet nun die Frau, dass der Sänger und die Sklavin gehen sollten, und am nächsten Morgen verließen beide die Stadt.

Die Hahnreie aber waren einen Monat lang krank; der eine fest davon überzeugt, dass ihm der andere seine Sklavin geraubt hatte, der andere ließ sich nicht davon abbringen, dass der erstere nächtlicherweile seine tugendhafte Frau habe überfallen wollen.

Vielmännerei

Unter der Regierung des Sultans Mahmed lebte in Kairo eine Frau, wie keine jemals eine abgefeimtere und größere Hure war. Ihr werdet es mir leicht glauben, wenn ich euch sage, dass sie entgegen dem Gerede unseres Propheten, der dem wahren Gläubigen drei Frauen erlaubt, so weit gekommen war, zwei Männer zu haben, und das mit solchen geschickten Vorkehrungen, dass keiner vom andern wußte. Ich muss sagen: Die Berufe der beiden jungen Leute waren derart, dass der eine immer des Tags, aber nie des Nachts zu Hause war, der andere wohl immer des Nachts, aber nie am Tage. Der erste war Dieb, der zweite Gaukler. Manche Monate waren so vergangen, und die beiden Gatten dienten dem listigen Weibe als Spielzeug, als ihr der Dieb eines Tages mitteilte, dass er eine Reise antreten müsse; und er nahm Abschied von ihr. Sie war sehr zärtlich, wünschte ihm eine gute Reise und glückliche Heimkehr, packte ihm alles Nötige, was er brauchte; sie nahm eine kalte Hammelkeule, schnitt sie mitten entzwei und gab dem Dieb die Hälfte in seinen Reisesack. So zog er von dannen.

Er war einige Stunden fort, als der Gaukler eintrat. Auch er sah sich genötigt, die Stadt zu verlassen, und verlangte einigen Mundvorrat für die Reise. Ebenfalls zu ihm tat sie zärtlich und besorgt, richtete ihm das Gepäck und gab ihm die andere Hälfte des Schlegels, dessen eine sie bereits ihrem anderen Manne gegeben hatte. Der Gaukler zog denselben Weg wie der Dieb. Gegen Abend kehrte er in einer Herberge ein, um die Nacht zu verbringen. Er fand nur einen einzigen Gast vor, einen hübschen Jungen seines Alters, mit dem er sofort Bekanntschaft schloss.

»Du siehst rechtschaffen müde aus, Kamerad«, sagte er zu ihm.

»Ich komme aus der Stadt«, sagte der andere, »und der Weg ist lang.«

»Ich komme aus derselben Stadt«, sagte der Gaukler, »und wenn Ihr noch weiterreist, können wir zusammen gehen; denn als ich von daheim auszog, vergaß ich, was der Prophet empfiehlt: - Gehe nicht auf die Reise ohne einen guten Weggenossen. - Wenn Ihr mein schlechtes Essen mit mir teilen wollt, kann ich Euch Bananen und ein Stück Hammel anbieten.«

»Ich nehme von Herzen gern an«, sagte der andere Reisende, »aber ich will mein Teil von dem Picknick beitragen.« Und er zog seine Vorräte aus seinem Reisesack. Nachdem jeder die seinen auf eine Serviette gelegt hatte, bemerkten sie zu ihrem großen Erstaunen, dass die beiden Hammelhälften ganz genau aufeinander passten.

»Kamerad«, sagte der Gaukler, »erlaubt die Frage: Woher habt Ihr diese halbe Hammelkeule?«

»Die hat mir meine Frau beim Abschied gegeben«, sagte der andere. »Aber sagt Ihr mir, woher habt Ihr die Eure?« »Ich habe sie auch von meiner Frau«, sagte der Gaukler. »In welchem Quartier wohnt Ihr denn?«

»Nah bei der eisernen Tür.«

»Da wohn ich auch.«

So kamen die beiden nach und nach darauf, dass sie seit Monaten eine und dieselbe Frau besaßen. Die Entdeckung drohte erst, sie in einen heftigen Streit zu bringen. Aber schließlich kamen sie überein, dass es klüger sei, heimzukehren und selbst die Situation aufzuklären, in der sie sich befanden. Als gute Freunde kehrten der Dieb und der Gaukler zurück nach Kairo und standen bald vor ihrer gemeinsamen Wohnung.

Als die Frau sie beisammen sah, zweifelte sie nicht daran, dass ihr Spiel entdeckt wäre, und sah ein, dass es unnütz sei, irgendwie die Wahrheit zu verbergen. Sie hielt es für das beste, alles zu gestehen; sie warf sich den beiden vor die Füße und bat um Verzeihung.

Die beiden Gatten liebten sie zärtlich, und trotz ihrer Untreue war ihre Liebe für die Frau nicht geringer geworden. So begnügten sie sich, ihr zu erklären, dass sie sich entscheiden solle und zwischen ihnen wählen müsse. Aber umsonst drängten sie sie, sich zu entscheiden. Es war ihr nicht möglich, zu bezeichnen, wen sie dem anderen vorzöge.

»Nun«, sagte sie endlich, »wenn ich schon wählen muss und doch kein Mittel weiß, meine Wahl zu treffen, denn ich liebe euch gleich alle beide, hört meinen Vorschlag. Ihr lebt beide von eurer Geschicklichkeit: Du betreibst sie bei Tag, du bei Nacht. Ich will als Gatten behalten, wer mir die Probe der größten Geschicklichkeit damit ablegt, dass er mit mir vor den Augen des andern, und dem zum Possen, die Liebe macht.« Beide stimmten zu und begannen gleich, über ihre Streiche nachzusinnen.

Der Dieb ging zuerst fort. Der Gaukler, der mit der Frau allein blieb, fragte sie, ob sie sich wohl zu einem Plane hergebe, den er gefasst habe; sie stimmte zu. Worauf ihr der Gaukler sagte: »Es genügt mir, dass du mir nicht widersprichst, wenn ich sagen werde, du beklagst dich über Schmerzen im Hintern.« Die Frau versprach ihm das, und der Gaukler machte sich auf die Suche nach seinem Rivalen. Als er ihn, auf dem Bazar herumstreichend, gefunden hatte, teilte er ihm mit, dass ihre Frau plötzlich krank geworden sei und sich über die Steifheit beklage, die ihren ganzen Hintern befallen habe.

»Da kenne ich gerade einen ausgezeichneten Arzt. Geh nur nach Hause, ich will ihn dir gleich schicken.«

»Ich will vorerst mal«, sagte der Gaukler, »eine Freundin unserer Frau aufsuchen, damit sie zum Pflegen kommt; denn mit solchen Sachen wissen die Frauen viel besser umzugehen als wir Männer.« Und darauf ging jeder seines Weges.

Der Dieb begab sich sofort zu einem Arzt, wandte sich an dessen Dienerin, indem er sich krank stellte und nach dem Arzt verlangte. Als der Arzt kam, heuchelte der falsche Kranke solche Krämpfe, dass der Arzt in ein Nebenzimmer lief, um ihm eine Medizin zu bereiten. Sofort sprang der Sterbende auf seine Beine, folgte leise seinem Retter und schloss ihn in dem anderen Zimmer fest ein. Hierauf suchte er sich in einem Koffer ein vollständiges Arztgewand zusammen, zog es über seine Kleider, steckte den falschen Bart an, den er immer bei sich trug, und sagte beim Fortgehen zu der Dienerin, dass er einige Medikamente beim Apotheker holen müsse und dass sie sich hüten solle, vor seiner Rückkunft dem Kranken die Tür zu öffnen, weil er einen starken Anfall habe und äußerst gefährlich sei. Im Halbdunkel der Tür glaubte die Magd, es mit ihrem Herrn zu tun zu haben, und so machte sich der Dieb ruhig davon und begab sich direkt nach seinem Haus.

Währenddessen hatte sich der Gaukler Frauenkleider verschafft und lauerte also verkleidet bei der Tür des Arztes auf seinen Rivalen. Als er den herauskommen sah, erkannte er ihn sofort und machte sich auf den Weg zu der Frau, wo er vor dem falschen Arzt ankam.

Ohne sich von seiner Frau erkennen zu lassen und ohne seinen Schleier zu lüften, sagte er ihr mit verstellter Stimme, er sei die Schwester des Gauklers und gekommen, sie zu pflegen und ihr beizustehen, wenn der Arzt, nach dem ihr Mann geschickt habe, sie besuche. Gleich darauf kam auch der Dieb mit seinem hohen Hut, im weiten Doktorgewand und mit dem unechten Bart. Die falsche Schwester bat ihn, sich einen Augenblick zu gedulden, bis sich die Kranke vorbereitet habe, ihn zu empfangen; denn jedermann weiß, dass eine muselmanische Frau sich auch vor dem Arzt verschleiert und ihm nur den leidenden Teil ihres Körpers entblößt zeigt.

Also hing die falsche Schwester auch einen Vorhang über das Bett und legte die Frau so, dass sie den Kopf auf der einen Seite, das Hinterteil aber auf der anderen hatte und man wegen des Vorhangs nicht von der einen nach der anderen Seite sehen konnte. Hierauf setzte sich die Gaukler-Schwester auf Kissen und nahm den Kopf der Kranken auf den Schoß, während der Sitz der Schmerzen auf der anderen Seite des Vorhangs den Untersuchungen des Dieb-Arztes preisgegeben war. Der Dieb zweifelte keinen Augenblick daran, dass die angebliche Schwester niemand anderes als der verkleidete Gaukler war, und so warf er sofort den falschen Bart und Hut fort, öffnete seinen weiten Mantel und machte sich, ohne Zeit zu verlieren, an den Hintern, der sich ihm so schön anbot. Der Gaukler, der nicht sah, was auf der anderen Seite des Vorhanges passierte, und glaubte, er sei der erste, der ans Spiel käme, warf seinen Schleier ab, hob seine Weiberkleider auf und präsentierte der Frau ein Instrument, das ihr sehr vertraut war. Sie nahm es auch alsbald und sog sehr verliebt an dieser Zuckerstange. Nun zog der Gatte von hinten rasch an der Seite des Vorhanges und rief hinüber: »Ich hab' sie!«, während der Gatte vorn die andere Vorhangseite wegzog und rief: »Mich hat sie!« Und alle beide beschauten sich höchst überrascht, während die Frau zwischen ihnen beiden das Vergnügen, welches sie fühlte, so gleichermaßen wiedergab, dass sie zur selben Zeit die Wollust von dem einen und von dem anderen empfing.

Nachdem sie sich erholt hatten, erkannten sie, dass der eine so schlau wie der andere sei, und beschlossen, zu dritt im guten Einvernehmen weiterzuleben. Und gerade das war es, was die gute kleine Frau wollte.

Vier Liebhaber

In Kairo lebte eine junge Dame, die ihren Gatten über alles liebte und ihr Haus nur dann verließ, wenn sie einen ganz wichtigen Anlass dazu hatte. Wie sie eines Tages vom Bad heimkehrte, kam sie an dem Tribunal des Kadi vorbei, das gerade geschlossen wurde. Der Kadi sah der Dame schöne Gestalt, ihren leichten Gang und dachte an die Dinge, die er nicht an ihr sehen konnte. So ging er auf sie zu und bat leise um eine Zusammenkunft. Die Dame beschloss, die Frechheit dieses Kadi zu bestrafen, tat, als ob sie darauf einginge, und schlug ihm vor, noch am selben Abend zu ihr zu kommen. Er versprach es voller Freude. Während die Dame nun ihren Weg fortsetzte, wurde sie noch von drei anderen Männern angesprochen, die ihr alle denselben Vorschlag machten wie der Kadi. Sie ging auf alles ein und bestimmte jedem denselben Abend und dieselbe Stunde wie dem Kadi. Der erste der drei Liebhaber aber war der Generaleinnehmer der Hafensteuer, der zweite der Präsident der Metzgervereinigung, und der dritte war ein reicher Kaufmann.

Zu Hause erzählte die Dame ihrem Gemahl, was ihr begegnet war, und bat ihn, ihr zu erlauben, die Frechheit der vier alten Gauner mit einer List zu bestrafen. »Die Strafe, die ich mir ausdachte«, sagte sie, »wird uns beide sehr unterhalten und uns zudem noch was einbringen, denn die vier Liebhaber werden nicht mit leeren Händen kommen.«

Der Mann wusste, dass er sich auf seine Frau verlassen konnte, und willigte ein. Die Frau bereitete nun gleich ein vortreffliches Essen, zog ein sehr anzügliches Gewand an, setzte sich auf den Diwan und erwartete ihre Gäste.

Gerade, da man das Gebet verkündete, kam der Kadi und klopfte. Die Frau ließ ihn ein und empfing von ihm einen Kranz feinster Perlen. Darauf lud sie ihn ein, sein Gewand zu wechseln, damit er sich wohler fühlte. Sie zog ihm eine lange Weste aus gelbem Musselin an, und auf den Kopf setzte sie ihm eine Mütze aus demselben Stoff. Der Gatte im Nebengemach hielt sich die Seite vor Lachen, als er die hässlichen Grimassen des verliebten Richters und dessen alberne Kostümierung sah.

Kaum hatte der muntere Liebhaber Platz genommen, um sich an dem

Mahle gütlich zu tun, als sich seine Freude in Schrecken verwandelte: Es wurde an die Tür geklopft. Die Frau tat sehr erschrocken und rief: »Der Prophet soll uns schützen, das ist ganz die Art, wie mein Mann klopft! Wenn er uns beide findet, wird er uns sicher töten. « Der Kadi fühlte sich schon mehr tot als lebendig; die Frau half ihm auf die Füße und schob ihn in ein kleines Seitengemach, während sie sagte, er solle da nur ganz still bleiben, bis sie ein Mittel zu seiner Rettung gefunden habe. Der Kadi sank in eine Ecke mit dem frommen Vorsatz, der Liebe für immer zu entsagen, wenn er diesmal mit dem Leben davonkomme.

Nachdem die Frau den Kadi versteckt hatte, lief sie zur Tür und öffnete dem Steuereinnehmer, der vor Ungeduld schier umkam und der Dame eine Kassette mit Juwelen brachte. Sie nahm sie gnädig an und lud ihn ein, doch seine reichen Gewänder abzutun; dafür zog sie ihm eine viel zu kurze, rote Jacke an und setzte ihm eine rote Mütze mit schwarzen Tupfen auf. Kaum saß er bei Tisch, als es an der Haustür pochte. Die Frau spielte dieselbe Komödie wie mit dem Kadi, der sich etwas getröstet fühlte, als er sich in Gesellschaft einer so respektablen Persönlichkeit fand, die ebenso lächerlich angezogen war wie er. Die beiden Alten machten sich in der Kammer Zeichen des gegenseitigen Bedauerns, denn sprechen durften sie nicht, um sich nicht zu verraten.

Der Präsident der Metzgerinnung wurde eingelassen und sein Geschenk angenommen. Auch er musste seine Kleidung wechseln und eine enge blaue Weste mit Ärmeln anziehen und eine mit Muscheln und allerlei Gehängen verzierte rote Sammetmütze aufsetzen. Kaum war er soweit, als sich wieder ein Klopfen hören ließ. Der vor Schreck starre Liebhaber wurde allsofort in die Kammer befördert, um da seinen beiden Rivalen Gesellschaft zu leisten. Nun erschien der Kaufmann, der schöne Schleier und kostbare Stoffe brachte. Aber es ging auch ihm nicht anders als seinen Vorgängern, die ihn stillschweigend empfingen, nachdem es neuerlich geklopft hatte und er rasch zu ihnen abgeschoben worden war.

Diesmal hatte der Mann und Gatte geklopft. Er trat ein, küsste seine Frau und setzte sich auf das Sofa. Das Paar machte sich über das Abendessen her, das für die vier Galane bereitet war, und nachdem sie gegessen hatten, gaben sich die beiden tausend verliebte Zärtlichkeiten, die den armen eingesperrten und vor Angst zitternden Teufeln nicht entgingen. Der Gatte war jung, schön und stark und der Liebe seiner Frau gar wohl gewachsen. Die heiteren Umstände versetzten beide rasch in einen solchen Zustand, dass sie bald halbnackt auf dem Sofa beieinanderlagen. Die Frau stützte den Rücken gegen die Kissen, umschlang ihren Mann, ergriff das Instrument, das ihr zuviel Vergnügen machte, als dass sie ihm hätte untreu werden sollen, und führte es mit einem süßen Seufzer dorthin, wo es seine lustvolle Arbeit verrichten sollte. Das glückliche Paar nahm absichtlich eine Stellung ein, die es den vier in der Kammer möglich machte, alles das zu sehen, was sie angezogen hatte, und das Liebeswerkzeug des Mannes in einem Zustand erblicken, in dem sich das ihre schon seit Jahren nicht mehr befunden hatte. Nachdem sich die beiden so allen Freuden der Liebe überlassen hatten, fingen sie nach einiger Zeit der ruhigen Erschöpfung ein Gespräch an, so laut, dass die in der Kammer es gut hören konnten und kein Wort verloren.

»Licht meiner Augen«, begann der Mann, »hast du auf deinem Wege vom Bade zurück nichts Lustiges erlebt, das du mir erzählen kannst?« »Vier alte Kerle fand ich«, sagte die Frau, »die ich gerne mit nach Hause genommen hätte, damit wir an ihren komischen Gesichtern Spaß haben. Doch ich fürchtete, es würde dich langweilen. Wenn du aber willst, so bestelle ich sie auf morgen.« Die vier Liebhaber, die vor Angst halbtot waren, schöpften wieder etwas Hoffnung, denn sie hielten, was die Frau da sagte, für irgendeine Erfindung, um sie zu befreien, aber diese Hoffnung wurde bald zunichte.

»Es ist schade«, sagte der Gatte, »dass du sie nicht gleich mitgenommen hast. Gerade morgen bin ich mit Geschäften sehr in Anspruch genommen.« Darauf antwortete die Frau: »So will ich dir gestehen, dass ich sie hergebracht habe und mich gerade mit ihnen amüsieren wollte, als du kamst. Ich fürchtete, du könntest es übelnehmen, und deshalb ließ ich sie in diese Kammer gehen und warten, bis ich wüsste, ob du zum Lachen aufgelegt seiest.«

Man kann sich die Angst der vier vorstellen, die zum Schrecken wurde, als der Gatte zu seiner Frau sagte, sie möge einen nach dem anderen hereinführen.

»Jeder muss uns mit einem Tanz und mit einer Geschichte unterhalten. Und dem, der das nicht will, dem schlag ich mit meinem Säbel den Kopf ab.«

»Gott steh uns bei«, sagte der Kadi, »wie sollen so ernste, würdige Leute wie wir tanzen? Aber es gibt keinen anderen Ausweg, dass wir dieser verdammten Hexe und ihrem schrecklichen Genossen entrinnen, und wir müssen unser Bestmögliches tun!« Seine Leidensgefährten waren derselben Meinung und harrten still ihres Loses.

Da trat die Frau in die Kammer, hängte dem Kadi eine Trommel um und führte ihn vor ihren Gemahl; hierauf nahm sie die Gitarre und begann darauf eine lustige Tanzweise zu spielen. Sofort fing der würdige Beamte zu tanzen an und machte dabei so sonderliche Grimassen und unsinnige Bewegungen, dass er völlig wie ein gefoppter Affe aussah.

»Bei meiner Seele«, sagte der Mann zu seiner Frau, »wüsste ich nicht, dass er ein Tänzer und Springer von Beruf ist, ich würde ihn für einen Kadi halten. Aber, Gott soll mir verzeihen, ich weiß ja, dass unser ehrwürdiger Richter jetzt Urteile spricht oder über den Gesetzbüchern brütet oder die morgigen Verhandlungen studiert. « Bei diesen Worten verdoppelte der Kadi seine Sprünge und Grimassen, um nicht erkannt zu werden, aber schließlich war er so erschöpft, dass er auf dem Teppich hinfiel. Der Hausherr aber blieb mitleidlos und drohte, ihn zu erschlagen, wenn er nicht weitertanze. Was der Arme auch tat, bis er schwitzend und pustend umfiel. Hierauf gab man ihm ein Glas Wein zu trinken, schenkte ihm das Geschichtenerzählen und jagte ihn hinaus.

So kam einer nach dem anderen, musste tanzen, bis er nicht mehr konnte, und wurde dann hinausbefördert. Die vier schworen einen Eid, künftighin klüger und weniger vertrauensselig zu sein.

Die Wunderampel

In Buchara lebte vor langer Zeit einmal ein Mann, der ein großes Haus führte und viele Reichtümer und kostbare Gegenstände besaß, wie Ampeln und Betten aus Gold, Edelsteine und wertvolle Seidengewänder, mit seltenen Perlen bestickt. Aber der Mann war ein großer Gauner, der seine Güter nicht rechtmäßig erworben hatte. Keiner wusste eigentlich, woher er gekommen war; nur wusste ein jeder Mensch in Buchara, dass er schon längst hätte mit Hände- und Kopfabschlagen bestraft werden müssen. Das geschah jedoch niemals, denn erstens war er so listig, dass man seiner nie habhaft werden konnte, und zweitens, wenn man ihn doch erwischt hatte, verstand er es, das Gesetz derart zu seinen Gunsten auszulegen, dass der Geschädigte ihm obendrein noch eine Buße zahlen musste. Außerdem betrieb er sein Handwerk in großem Maßstabe, wodurch er in die Lage kam, nicht nur die Wachleute zu bestechen, sondern sogar den Gerichtshof und die hohen Würdenträger mit Geschenken zu bedenken. Sogar der Sultan soll seine Hand nicht verschlossen gehalten haben. Aber davon sprach kein Mensch in Buchara.

So ging jeder - vom reichen Kaufmann bis zum armen Straßenkehrer - dem Galgenstrick furchtsam aus dem Wege, und es ging die Redensart, dass man nicht wagen dürfe, ihm ein Paar alte Schuhe in Verwahrung zu geben, da man sie nicht wiederbekommen würde.

Nun lebte in Buchara ein anderer reicher Mann, der viele Häuser und Ländereien besaß. Er liebte es, von früh bis abends durch den Basar zu schlendern, mit Kaufleuten und Trägern zu scherzen, und war jederzeit dazu aufgelegt, einen schlimmen Streich zu spielen.

Es darf aber nicht vergessen werden, zu erwähnen, dass er ein ebenso großer Geizhals und habgieriger Mensch wie Schalk war.

Dieser Schalk und Geizhals ging also eines Tages wieder einmal durch die Straßen und erblickte einen armen Menschen, der ein altes Paar Schuhe zum Verkauf anbot, weil ihn der Hunger dazu trieb. Der Schalk erstand die Schuhe für einen halben Piaster, und jedermann war neugierig, was er wohl mit diesen alten Dingern beginnen würde. Er aber ging durch den Basar und sprach zu den Kaufleuten:

»Seht Ihr hier die alten Schuhe? Ich habe sie eben von einem armen

Tropf gekauft, und ich will sie nun zu dem Großgauner tragen, um sie ihm in Verwahrung zu geben; vielleicht wird er sie mir vergolden.«

Dann lachte er, und der ganze Basar lachte mit.

Und er begab sich in das reiche Haus des Gauners, der ihm ehrerbietig entgegenkam, ihn in sein schönstes Zimmer führte und ihn mit Früchten und kalter Milch bewirten ließ, obwohl er wusste, dass dieser Gast ihm nicht freundlich gesonnen war; denn er hatte längst von dessen Spottreden erfahren.

»Herr«, sprach der Schalk, »ich komme zu dir mit einer Bitte.«

»Ich betrachte diese Stunde als die glücklichste in meinem Leben, da du zu mir mit einer Bitte kommst«, antwortete der Gastgeber.

»Die Bitte, mit der ich zu dir komme, ist aber so groß, dass ich nicht wage, sie zu äußern«, heuchelte darauf der Gast mit großem Geschick.

Doch der reiche Gauner, der begierig war zu wissen, was diesen Menschen zu ihm trieb, dabei wähnte, dass es nichts Gutes sein könne, redete ihm wie ein gütiger Freund zu und sagte:

»Sahib, höre, ich bin dein Diener, betrachte mich als den niedrigsten deiner Sklaven, der bereitsteht, auf einen Wink alles zu tun, selbst das, was ein anderer nicht tun will. Wenn du also eine Bitte hast, die ich dir erfüllen möchte, so teile sie mir mit und sei im voraus überzeugt, dass ich sie dir erfüllen werde, sofern nur die Möglichkeit vorhanden ist, dass ein armer Mensch wie ich sie zu erfüllen vermag. Und sollte sie dennoch von der Art sein, dass nur Allah sie zu erfüllen vermag, so wisse, dass ich zu Allah - der gepriesen sei - flehen werde, er möge mir einen Ausweg weisen, damit ich dir helfen und beistehen kann.«

Auf diese Rede entgegnete der Gast:

»O hoher Herr, höre mich mit Geduld an. Nicht du bist mein Sklave, sondern ich bin der deinige, und zwar der armseligste aller Sklaven. Deshalb komme ich zu dir, und zwar mit einer Bitte, die auszusprechen ich nicht wage aus Furcht, ich könnte dich erzürnen. Denn du wirst dir sagen: Wie kommt dieser Mensch dazu, in mein Haus einzudringen und mich mit seinem Anliegen zu belästigen, obwohl ich ihn bisher nicht gekannt, ja nicht einmal von ihm gehört.«

Da unterbrach ihn der Hausherr:

»O mein Khan, wie sollte ich nicht von dir gehört haben. Jedes Kind in Buchara kennt dich als den gütigsten, gastfreundlichsten und reichsten Herrn. Wo ist ein Armer, der von der Tür deines Hauses ohne kostbare Geschenke hätte fortgehen müssen; wo wäre einer deiner Freunde, der sich in Not befunden und dem du nicht Hilfe hättest zuteil werden lassen …«

Nun unterbrach diese Rede der geschmeichelte Geizhals:

»O mein Fürst, ich merke, du bist tatsächlich der edle, gute Herr, als den man dich über Buchara hinaus bis weit nach Chorassan hinein, ja in ganz Persien kennt. Und eben nur einem solchen angesehenen Mann kann ich mich anvertrauen.«

Nachdem die beiden sich noch weiter hohe Titel zugeworfen hatten und schließlich bei dem Scha-inschah, das heißt: Dem Könige der Könige, angekommen waren, da wickelte dann endlich auf weiteres Zureden des Gastgebers der schalkhafte Geizhals aus einem seidenen Tuch die abgetretenen, zerrissenen Schuhe aus, die nur ein Bettler in größter Not noch getragen hätte, und sprach: »Ich befinde mich auf dem Wege zu einem meiner Gläubiger, mit dem ich wichtige Geschäfte zu regeln habe. Wie ich mich nun eben auf dem Wege zu diesem befand, begegnete mir der Schreiber des Großkadi, der mir diese Schuhe aushändigte, mit einem Schreiben, in dem steht, dass sie mir endgültig zugesprochen sind. Du musst wissen, mein Herr und Fürst, dass ich seit Jahren gegen meinen Schwager dieser Schuhe wegen einen heftigen Prozess geführt habe. Er wollte sie mir nämlich streitig machen. Sie stammen von meinem Großvater, der sie nur bei feierlichsten Anlässen am Hofe des Sultans getragen hat. Diese Schuhe sind mir kostbarer als alles, was ich besitze, nicht etwa nur aus Pietät, nein, auch wegen ihres tatsächlichen Wertes; denn es ist alte, gute Arbeit, und sie sind aus sehr gutem Leder angefertigt, wie man es heutzutage nicht mehr erhält. Da nun mein Kopf voller wichtiger Geschäfte ist, so dass ich fürchten muss, sie in Gedanken irgendwo liegenzulassen und sie auf diese Weise zu verlieren, um so mehr, als heutzutage die Welt voller Spitzbuben und unehrlicher Menschen ist, ich außerdem in ganz Buchara keinen Menschen weiß, zu dem ich mehr Vertrauen hätte als zu dir, so komme ich zu dir mit der Bitte, mir den Schatz aufzuheben, bis ich selbst in Kürze, so es meine Zeit gestattet, an deinem glücklichen Haus - das Allah schützen möge - vorüberkomme, um sie wieder abzuholen. Und sollte es nicht mehr heute sein, da sich die Verhandlungen mit meinem Gläubiger in die Länge ziehen können, so ist es sicher in den nächsten Tagen. Dies ist die große Bitte, mit der ich zu dir komme, wofür ich den Segen Allahs auf dich, deine Liebe und dein Haus herabflehe.«

Der Hausherr hörte diese schwungvolle Rede, sah die schmutzigen Lederstücke, die der Mensch kostbare Schuhe nannte, und wusste wohl, dass es nur darauf abgesehen war, ihn zu verführen. Aber er ließ sich nicht das Geringste merken, vielmehr blieb er ernst und ehrerbietig wie zuvor. Dabei hatte er doch den Wunsch, dass ihm ein Einfall oder auch ein Umstand zu Hilfe käme, um dem Schalk diese Frechheit heimzuzahlen. So rief er denn seine schönste Dienerin herbei, ließ sie eine seidene Schnur bringen, band mit dieser die in das seidene Tuch eingeschlagenen Schuhe zusammen und ließ sie von der Dienerin an der Decke des Zimmers neben einer überaus kostbaren, aus Gold geschlagenen und mit sämtlichen Arten von Edelsteinen, die es auf der Erde gibt, besetzten Ampel aufhängen.

Der Schalk wusste nicht, worüber er am meisten staunen sollte: Über die schöne Dienerin, die auf eine Leiter stieg, wobei sie ihre Ärmel zurückschlug und Arme, Hals und Brust in jugendlicher Anmut zeigte, über die wertvolle Ampel oder über das Gebaren des Hausherrn mit seinen alten Schuhen.

Dazu sagte der Hausherr:

»Du siehst, wie ich deine Sorge um deinen kostbaren Besitz mir angelegen sein lasse und sie mit dir teile. Das Kostbarste, was ich überhaupt besitze, ist diese Ampel, und nur diese Dienerin, die mir von allen am liebsten ist, weshalb ich sie Halwah (d. h. die Süße) nenne, darf allein diese Ampel pflegen und sie unter Aufsicht haben. Wenn also deinem Schatz etwas widerfahren sollte, so wird mein nicht minder kostbarer Schatz keineswegs verschont bleiben.«

Die Ampel war tatsächlich außergewöhnlich wertvoll. Der Großgauner hatte sie einst von räuberischen Nomaden, die ein altes Königsgrab geplündert hatten, gekauft.

Der Gast bedankte sich in überschwänglicher Weise, wobei er mit Titeln nicht sparte, obwohl keinem von beiden der geringste von Rechts wegen zustand, und verließ schließlich das Haus, überzeugt davon, dass ihm sein Streich gelungen war und er den anderen so dumm gemacht hatte, dass dieser die zerrissenen Schuhe des Bettlers für einen teuren Schatz ansah, worüber der draußen herzlich lachte und die ganze Begebenheit sofort seinen Bekannten mitteilte.

Der Hausherr aber blieb in Gedanken zurück. Noch nie hatte er sich in einer solchen peinlichen Lage befunden, aus der er keinen Ausweg sah, um sich vor der Lächerlichkeit zu retten, in die ihn - wie er genau wusste - der Schalk bringen wollte. Ein Trost nur war es ihm, dass er in allen Händeln, die er zeit seines Lebens ausgetragen hatte, sich als der Schlaueste erwiesen hatte, und so dachte er bei sich, vielleicht treten doch Umstände ein, die Lacher auf meine Seite zu ziehen.

Am Abend desselben Tages, an dem sich die Geschichte zwischen dem Schalk und dem reichen Gauner abgespielt hatte, trug sich etwas Seltsames zu:

In Buchara gab es einen jungen Mann aus reicher Familie, der schön und stets gut gekleidet war und so leidenschaftlich Feigen, aber nur reife, liebte, dass er nach ihnen greifen und sie auseinanderstechen musste, wo er sie nur erreichen konnte, und wenn sie auch eingeklemmt zwischen zwei zusammengewachsenen Kürbissen saßen, die sich nur trennen lassen, wenn man ihnen eine Erdbeere vorhält, damit sie danach schnappen.

Dieser junge Mann hatte sich also gerade in derselben Nacht mit einer hübschen, aber - wie er es eben liebte - verheirateten Frau in einem Garten zu einem Stelldichein verabredet. Geräuschlos war er über die Mauer geklettert. Wie er nun mit seiner Geliebten in der dichten Fliederlaube auf weichen Kissen saß, die sie hatte heimlich von einer ergebenen Dienerin hinschaffen lassen, mit ihr wie zwei Kinder Fingerhäkeln übte, danach Um-die-Wette-Greifen spielte und schließlich beide dazu übergingen, in harmlosester Weise Beineklemmen und Hüftedrücken zu treiben, um zu sehen, wer wohl dabei dem anderen überlegen sei, da vernahmen sie im Garten ein Geräusch, und dem Jüngling gelang es gerade noch, seine Hose zu retten, die er vorsichtigerweise nicht ganz ausgezogen, sondern noch an einem Beine hängen

hatte, und geschwind wie ein Affe die Gartenmauer hinaufzuklettern. Die Schuhe musste er aber im Stiche lassen. Der Gatte der Frau war nämlich mit einem Eunuchen und dem Gärtner herbeigekommen, um den Eindringling festzunehmen. Oben auf der Mauer hörte er noch, wie die Dame zu ihrem Ehegemahl sagte: »Ich leide mindestens in einem Monat einmal an heftigen Kopfschmerzen, deshalb ließ ich mir hier mein Lager bereiten, und ich öffnete mein Kleid, weil mir die Luft gut tut. Ich habe niemanden gesehen, der bei mir war. Vielleicht war es einer von jenen Menschen, die es lieben, Frauen heimlich zu betrachten. Vielleicht wollte er auch Pfirsiche stehlen. Die Schuhe gehören dem Gärtner. Das weiß ich bestimmt. Kennst du deine Schuhe nicht, du Dummkopf? Du ließest sie ja heute Nachmittag auf mein Geheiß hin stehen.«

Darauf klatschte es, wie wenn ein Mensch mit einem Stock Schläge über den Schädel bekommt, und der Gärtner beteuerte andauernd, dass er seine Schuhe wiedererkenne.

Der flüchtige Liebhaber sprang von der Mauer herab, zog seine Hose an, brachte sie in Ordnung und schlich dann ohne Schuhe durch Nebengassen verwirrt vorwärts. Er sagte sich, dass er so auf keinen Fall heimgehen könne; denn erstens einmal war es kühl, und er konnte sich nach dem Schreck erkälten, um so mehr als er - wie er noch feststellte - seine Leibbinde auch hatte opfern müssen; zweitens konnten ihn Wachleute in dieser Verfassung erblicken, die sofort Verdacht schöpfen und einen Skandal verursachen könnten; drittens würde es ihm nicht gelingen, sich in das Haus seiner Eltern einzuschleichen, ohne dass diese durch die Diener und Dienerinnen erfahren würden, wie er - einem Bettler gleich - ohne Schuhe nach Hause gekommen sei.

Wie er nun in Schwermut diesen Gedanken nachhing, da bemerkte er plötzlich, dass er vor dem Hause des reichen, allgemein verachteten Gauners stand, das etwas abseits lag. Da kam ihm ein Einfall. Er wollte versuchen, in diesem Hause, das jeder mied, um Hilfe zu bitten; denn er sagte sich, schon die Tatsache allein, dass ein angesehener Bürger der Stadt bei ihm einkehre, um ihn um einen Gefallen zu ersuchen, sei für den Besitzer des Hauses eine so große Ehre, dass er dadurch veranlasst werde, auf die Wünsche des Bittstellers einzugehen.

Der junge Mann klopfte also mit dem messingbeschlagenen Klopfer an das Tor des Hauses. Darauf fragte von drinnen eine barsche Stimme, wer denn zu so später Stunde noch Einlass begehre.

»Um Allahs willen, öffne!« rief der Jüngling. »Ich muss den Herrn des Hauses in einer dringenden Angelegenheit sprechen.«

Nach einiger Zeit wurde die Tür aufgeriegelt, und drei Sklaven erschienen im Türrahmen, die den jungen Mann mit finsteren und misstrauischen Blicken musterten. Er aber befahl in herrischem Tone, vor den Hausherrn geführt zu werden.

Inzwischen hatte er sich eine Geschichte zurechtgelegt, die er dem Manne vortragen wollte, um seine Verlegenheit zu erklären; denn die Wahrheit konnte er ihm doch nicht gut sagen.

Man brachte ihn in ein Vorzimmer, wo sich nach einiger Zeit auch der Hausherr einstellte. Der betrachtete den Ankömmling voller Staunen. An seinem vollen Gesicht und seinen gepflegten Händen erkannte er den Sohn eines guten Hauses, und aus der feinen Kleidung konnte er überdies schließen, dass der junge Mann aus Buchara stammte. Doch die schmutzigen, nackten Füße stachen recht sonderbar von der Tracht ab.

Da begann der Fremdling:

»Herr, Allah segne dich und behüte dein Haus. Betrachte mich nicht mit Misstrauen und mit argen Blicken; denn fürwahr, ich bin kein Strolch oder Landstreicher. Ich bin vielmehr ein ehrbarer Mensch, augenblicklich und durch Bestimmung Allahs in Not geraten, der mich an dich verwies und damit mir auch gleich den Ausweg aus der Not zeigte, die er über mich geschickt hat.«

Der reiche Gauner hatte sich noch nicht von seiner Verblüffung erholt. Die Rede des jungen Mannes machte ihm die Begebenheit noch rätselhafter. Er sagte daher:

»Hat Allah zu dieser Stunde dich in deinem Unglück in mein Haus geführt, so möge er dich aus meinem Hause voll von Glück führen!«

»Inschallah«, fiel der Jüngling ein.

»Inschallah«, wiederholte der Alte und fuhr dann fort: »Ich habe so viele Menschen in meinem Leben schon gesehen, gute und schlechte, reiche und arme, dass ich sie zu unterscheiden vermag und daher wohl erkenne, dass du kein Mensch von gewöhnlichem Herkommen bist. Schütte daher dein Herz aus, sage mir, was du von mir begehrst, und sei überzeugt davon, dass ich ein Mensch bin, der Verständnis für jede Lage des Lebens hat.«

Darauf entgegnete der nächtliche Besucher:

»Du hast recht, Herr, ich bin nicht von gemeinem Herkommen, mein Name hat einen guten Klang, ich bin der Sohn vornehmer, begüterter Eltern, deren Haus sich in der Straße ...«

»Genug, genug«, unterbrach ihn der Alte. »Wer sollte deinen reichen, großmütigen Vater nicht kennen? Glaubst du, ich sei erst seit gestern in Buchara? Mit den höchsten Würdenträgern ist er ja befreundet, ja sogar verwandt -«

»Ich bin glücklich«, rief der Jüngling aus und beugte sich nieder, um die Hände des alten Gauners ehrerbietig zu küssen.

»Du kennst meinen Vater, du weißt, dass ich sein rechtmäßiger Sohn bin, und daher wird es mir leicht, dich in mein bedenkliches Geheimnis einzuweihen.«

(Während dieses Zwiegesprächs hatte er seine Geschichte nochmals überdacht.)

»So höre denn. Ich liebe es, vor Sonnenuntergang ins Freie zu gehen und mich an den Düften der Nachtblumen, die sich um diese Zeit entfalten, zu laben und meinen Gedanken nachzuhängen. Wie ich nun heute Abend dieser Gewohnheit wiederum folgte, kam ich an einen Bach, den ich bisher noch nicht kannte, und fühlte das Bedürfnis, meine Füße zu kühlen. Ich setzte mich also nieder, entledigte mich meiner Schuhe, um meine Füße von den kleinen Wellen des Wassers bespülen zu lassen. Da wurde ich auf irgendetwas aufmerksam in der Wiese. Ich weiß es nicht mehr genau, was es war. Ich glaube, ich sah ein kleines Tier hüpfen. Neugierig ging ich auf die Stelle zu, sah aber nichts, wanderte noch barfüßig ein Stück durch den Abendtau, der auf Blumen und Gras lag, und als ich zum Bach zurückkehrte, waren meine Schuhe verschwunden, doch durch die Dämmerung sah ich eine Gestalt davonhuschen. Sicher war es ein Landstreicher, vielleicht auch ein Nomade, der mich beobachtet und die Gelegenheit benützt hat, mir meine Schuhe zu entwenden.

Bis zu deinem Hause bin ich nun barfuß gekommen. Es ist jedoch kühl, so dass ich mich erkälten kann. Außerdem könnten mich Wachleute in diesem Zustand erblicken, argwöhnisch werden, Unrechtes von mir annehmen, so dass mir Unannehmlichkeiten entstehen könnten, und schließlich ist es mir peinlich, in diesem Aufzug nach Hause zurückzukehren.

Deshalb hege ich die Bitte: Leihe mir ein Paar Schuhe. Morgen früh in frühester Stunde sollst du sie wiederhaben, und ich will es dir gut lohnen.«

Da entgegnete der Hausherr:

»Dass es dir so erging, ist Allahs Wille, und darein musst du dich fügen. Doch rede mir nicht von Lohn. Dass ich dir helfen kann, wenn es mir möglich ist, ist mir allein ein großer Lohn. Jedoch Schuhe, woher soll ich sie nehmen? Ich habe keinen Sohn, dessen Schuhe ich dir geben könnte; dass du Schuhe meiner Sklaven anlegen solltest, ist wider Allahs Gebot.«

Natürlich wäre es dem Alten leicht gewesen, ihm ein Paar Schuhe zu leihen. Aber er merkte, dass die Angaben des Jünglings sich keineswegs so verhielten, vielmehr hatte er die Überzeugung, dass dahinter ein Geheimnis steckte. Anfangs argwöhnte er, der Besucher könnte mit dem Schalk, der ihm um die Mittagszeit desselben Tages die alten Schuhe gebracht hatte, unter einer Decke stecken. Doch die Spuren von Mörtel und Staub an den Kleidern des jungen Mannes widerlegten diese Annahme und brachten ihn zu der Überzeugung, dass er an verbotenen Früchten hatte naschen wollen und dabei ertappt worden war. Überdies war seine Hose nicht ganz in Ordnung.

Und da drang auf den Alten ein Gedanke ein, so dass es ihm unwillkürlich entschlüpfte: »Allah macht schon alles recht!«

»Wie meinst du, mein Vater?« fragte der Jüngling, der bang die Antwort auf seinen Vortrag erwartete.

»Ich meine«, sagte der Großgauner, »dass ich nicht weiß, wie ich dir deine Bitte erfüllen soll, so gern ich es auch tun möchte!«

»Ich bin mit den schlechtesten Schuhen zufrieden, wenn sie nur den Zweck erfüllen, die kurze Strecke in der Nacht meine Füße zu bedecken«, wandte der Jüngling ein und setzte flehend hinzu: »Mein Vater, sicher hast du doch ein Paar alte Schuhe im Hause, derer du nicht mehr bedarfst. Morgen früh in frühester Stunde sollst du sie, erhöht im Wert, wiederhaben. «

»Du sollst nicht vom Lohn sprechen, mein Sohn«, sprach der Hausherr. »Allah ist mein Zeuge, dass ich dir deine Bitte, so bescheiden sie auch ist, nicht erfüllen kann, doch komm mit mir.«

Damit führte der Hausherr den Besucher in das Zimmer, in dem die wunderbare Ampel hing und neben ihr das Paket, das die abgetretenen Bettlerschuhe enthielt.

»Erblickst du neben der Ampel das bunte Seidenpäckchen?« sprach er dann weiter. »Es enthält ein Paar wertvolle Schuhe, die aber nicht mir gehören. Vielmehr brachte sie erst heute Mittag ein angesehener Bürger von Buchara, um sie mir in Verwahrung zu geben. Neben meinem höchsten Gut, das ich hier auf Erden besitze, ließ ich sie aufhängen, der Sicherheit wegen. Ich habe kein Recht, sie dir auszuhändigen, und wenn ich es doch täte, im Vertrauen zu dir und auf das Gebot Allahs hin, der befiehlt, dem Nächsten beizustehen, so könnte er doch plötzlich erscheinen, um sein mir anvertrautes Gut wieder in Empfang nehmen zu wollen, und ich wäre ein Mensch der Schande, wenn ich sie ihm nicht zurückgeben könnte. «

»O Sharikha«, entgegnete der Jüngling. »Mögen die Schuhe noch so kostbar sein, sie können doch nicht so kostbar sein, dass ich sie nicht hundertfach ersetzen könnte. Und was es anbetrifft, dass er sie zurückhaben möchte, so darfst du ohne Sorge sein: Diese Nacht wird dies sicher nicht geschehen. Und sobald der morgige Tag zu grauen beginnt, sollst du wieder in ihrem Besitz sein oder doch im Besitz ihres hundertfachen Wertes.«

Der alte Gauner wiegte wie nachdenklich sein bärtiges Haupt, dann rief er dem Sklaven, der hinter ihm stand, einige Worte zu. Dieser verschwand, und bald darauf erschien die Sklavin Halwah, die Süße, stieg auf eine Leiter, entblößte ihre Arme und langte das seidenumschlagene Paket herab.

Der junge Mann befand sich in einem Zustand von Verwunderung und Entzücken. Er sah die herrliche Ampel von Gold und Edelsteinen im Lichte der Lampen leuchten, wie er eine solche noch nie in seinem Leben gesehen hatte; er sah die junge schöne Sklavin mit den wiegenden, vollen Hinterbacken, die ihm für den Alten unpassend schien und ihn, den Genießer ausgereifter Früchte, in Erregung versetzte, und darauf die schmutzigen Bettlerschuhe, die in ein schönes Seidentuch eingeschlagen waren und seine Verwirrung vergrößerten.

Eine Zeitlang stand er wie geistesabwesend da. In ihm kämpften zwei Empfindungen gegeneinander: Sich an dem Anblick der lieblichen Sklavin zu weiden oder sich mit seiner Lage zu befassen. Endlich kam ihm seine Not wieder zu Bewusstsein, und er sprach zu dem Hausherrn, der ihn lächelnd beobachtete, weil der Schlaukopf wusste, was in dem anderen vorging:

»Mein Vater, du sprachst von ein Paar kostbaren Schuhen, die von dem Tuch umhüllt seien. Mir scheint, mein heutiges Erlebnis hat mir mein Augenlicht getrübt. Vielleicht ist es auch deshalb, weil der Anblick deiner wunderschönen Ampel und deiner reizenden Sklavin mir alles andere als diese beiden Dinge unansehnlich erscheinen lässt, denn wisse, mein Vater: Anstatt der kostbaren Schuhe, von denen du mir erzählt hast, erblicke ich nur zwei zerrissene Lederlappen, die noch nicht einmal nach Ambra duften. Aber nun, da du sie mir leihst, mag dich Allah dafür segnen, und morgen früh schon hast du erfahren, dass ich ein Mensch bin, der kein Wort mehr spricht, als er zu erfüllen vermag.«

Der Alte antwortete kein Wort; über sein Gesicht spielte ein spöttisches Lächeln. Halwah verschwand geräuschlos, ebenso leise kam der Eunuch wieder.

Der Jüngling bedeckte also seine bloßen Füße mit den alten Schuhen, bedankte sich nochmals bei dem Hausherrn und gelangte wohlbehalten in dem Hause seiner Eltern an, wo er sich zum Schlaf niederlegte.

Doch zu schlafen vermochte er nicht. Die Erlebnisse des Abends gingen ihm im Kopfe herum. Weniger dachte er an seine Geliebte in der Fliederlaube, vielmehr stellte er sich vor, wie es wohl geworden wäre, wenn er ohne Hose hätte über die Mauer zurückklettern müssen. Dann kamen seine Gedanken auf den alten Gauner, und es beschlich ihn Sorge, dass er von seinen Eltern Schelte bekommen und von seinen Bekannten mit Verachtung bestraft werden könnte, wenn es offenbar würde, dass er mit ihm in Beziehung stände, und schließlich verweilten seine Gedanken bei der herrlichen Sklavin, bis er allmählich einschlummerte.

Aber sein Schlaf war unruhig, so dass er beim Grauen des Tages schon wieder erwachte, und da er die Augen aufschlug, fiel sein erster Blick auf die Bettlerschuhe, die neben seinem Bett lagen, und er sprang sofort auf und warf die Dinger in den Abort, weil er fürchten musste, dass sie sonst von Hausinsassen gesehen werden könnten, und außerdem fand er sie schlecht und ekelerregend, weshalb er auch mehrere Male am Tage seine Füße wusch. Dann aber nahm er ein Paar fast unbenützte Schuhe aus rotem Leder mit Seide gefüttert, mit Gold eingefasst und oben mit einigen Türkisen besetzt. Sie hatten einen Wert von eintausend Silberpiastern. Die schlug er in ein seidenes Tuch ein und verschnürte es mit einer seidenen Schnur. Vorher hatte er aber einen Zettel geschrieben und diesen den Schuhen beigefügt. Auf ihm stand:

»Mir anvertrautes Gut nehm' ich in acht - Und sieh, wie ich es kostbar hab' gemacht!«

Daraufhin begab er sich zu einer alten Sklavin, die er ins Vertrauen gezogen hatte, und beauftragte sie, das Paket in dem Hause, das er ihr näher bezeichnete, abzugeben.

Als der reiche Gauner diese schönen und teuren Schuhe gesehen und den Brief gelesen hatte, da erstaunte er sehr, und seine Habgier regte sich in ihm. Er kam in Versuchung, sie für sich zu behalten und dafür ein Paar andere alte Schuhe, ähnlich denen, die der Schalk ihm gebracht hatte, hineinzutun. Doch da durchflog seinen Kopf wieder ein Gedanke und unwillkürlich sprach er vor sich hin:

»Allah màcht schon alles recht!«

Er rief also seine Sklavin Halwah wieder herbei und ließ sie das Päckchen wieder neben die Ampel hängen, ohne den Inhalt zu zeigen.

Am nächsten Tage erschien der Schalk wieder; den ganzen Vormittag war er durch den Basar gelaufen und hatte lachend den Kaufleuten zugerufen:

»Wisst Ihr, was ich jetzt tue? Wie? Ha! Ich hole mir jetzt vom Großgauner meine vergoldeten Schuhe zurück.«

Und der ganze Basar lachte mit ihm.

Bei Schah-in-schah waren sie angelangt, als sie voneinander schieden, und mit Emir begann der Schalk den Hausherrn bereits bei der Begrüßung anzureden und vor ihm den Fußboden zu küssen. Diesem waren längst die Äußerungen zugetragen worden, die der Schalk im Basar getan hatte. Aber er ließ sich auch nicht das geringste merken, steigerte vielmehr den erhaltenen Titel bei der Antwort und bewirtete den Ankömmling mit Früchten und Scherbeth, und nachdem sie sich einige Zeit unterhalten und sich nach ihrem Wohlbefinden erkundigt hatten, kam auf Geheiß des Hausherrn die entzückende Halwah herbei, um mit sanften Bewegungen der Hinterbacken und mit entblößten Armen das Päckchen herabzuheben.

Den Segen Allahs auf das Haus herabflehend, nahm der Gast das Päckchen in Empfang und traf Anstalten, sich zu verabschieden, wobei er wirres Zeug durcheinander schwatzte, weil ihn der Anblick der jungen Sklavin erregte. Aber der Hausherr bat ihn dringend, doch erst die Schnur zu lösen, damit er feststellen könne, ob seine kostbaren Schuhe auch noch vorhanden seien; denn er wolle nicht in den Ruf kommen, dass man ihm noch nicht einmal ein Paar Schuhe anvertrauen könne, ohne Schaden zu erleiden (wie man sich ja über ihn bereits erzählte).

Der Schalk war nicht schlau genug, um zu empfinden, dass diese Äußerung für ihn ein Backenstreich sein sollte. Vielmehr befand er sich immer noch in dem Wahn, dass ihm sein Streich gelungen sei. Darum wehrte er ab und beteuerte, dass die Prüfung des Inhalts keineswegs nötig sei, da ja jeder Mensch in Buchara seine unvergleichliche Vertrauenswürdigkeit zu schätzen wüsste.

Aber der Gastgeber bestand auf seinem Wunsch, und als endlich das buntseidene Tuch von den Schuhen zurückgeschlagen war, da entfloh dem geschwungenen Mund der Sklavin Halwah ein lauter Schrei des Entzückens über die Verwandlung der alten Schuhe, die sie am vorigen Tage eingeschlagen und aufgehängt hatte, in diese prunkhafte Fußbekleidung.

Der Hausherr blieb gelassen. Aber der geizige Schalk starrte fassungslos auf die Kostbarkeit, ohne zu wissen, was er sagen oder wie er sich verhalten sollte. Seine Verblüffung war derart, dass er sogar die Gegenwart der schönen Sklavin vergaß, die ihn weit mehr als sein Streich interessiert hatte. Schon wollte er die Schuhe als selbstverständlich hinnehmen und sie wieder einschlagen, als der reiche Gauner, der ihn betrachtet hatte und dem seines Gastes Zögern nicht entgangen war, ihn mit erheuchelter Besorgnis fragte:

»Was ficht dich an? Um Allahs willen sage mir: Ist deinen kostbaren Schuhen etwas zugestoßen, oder sind sie gar verschwunden?«

Da verspürte der Schalk ein wenig Beschämung, und er antwortete bescheiden und nicht mit der Würde eines Mannes: »Herr, die Schuhe, die ich dir in Verwahrung gab, waren kostbar. Allah ist mein Zeuge, und er möge mich strafen, wenn es nicht wahr ist, dass sie mir teurer als alles andere waren, was ich besitze. Aber diese hier, die sich in demselben Tuch befinden, in dem ich die anderen brachte, sind noch weit kostbarer als die meinigen, und weder geziemt es sich, dass ich von dir mehr nehme als mir gehört - da ich ja überdies deine Güte in Anspruch genommen habe und deine Freigiebigkeit sprichwörtlich ist-, noch aber geziemt es sich, dass du mich in Versuchung bringst und mich zu erproben versuchst, da mein guter Ruf doch zweifelsfrei ist.«

Da legte der Hausherr die Hand auf die Schulter seines Gastes und sagte:

»Bruder, ich sagte dir bereits, dass du mich als den ärmsten deiner Sklaven betrachten sollst. Im Vergleich zu dir bin ich ein Bettler. Es wäre also Dummheit, wollte ich so tun, als könnte ich dir etwas schenken. Weshalb aber schmähest du mich? Stand dir nicht mein Haus offen? Weigerte ich mich, dir dienstbar zu sein? Deine Schuhe wurden von Halwah, meiner Sklavin, wie du sahst, neben mein Heiligtum gehängt, und jetzt - du siehst sie noch stehen - von ihr herabgenommen. Ich kann dir weder schlechtere noch bessere Schuhe zurückgeben. Die Schuhe, die du dort hast, können also keine anderen als die deinigen sein.«

Sinnend blickte der Schalk vor sich hin. Er vermutete nämlich (wie es ja nicht anders möglich war), dass die teuren Schuhe doch der

Gastgeber eingepackt hatte, um ihn zu überraschen und vielleicht auch das Gegenteil von dem zu beweisen, was er Übles über ihn im Basar ausgesprengt hatte und ihm möglicherweise zu Ohren gekommen war.

Wieder beobachtete der listige Mann seinen Gast, und wieder fiel ihm dessen Zaghaftigkeit auf. Und darum fuhr er fort:

»Aber schlechter werden deine Schuhe sicher nicht geworden sein, da sie sich doch in der Nähe der Ampel befanden, die die Wunderkraft hat, alles, was in ihre Nähe gebracht wird, mindestens hundertmal kostbarer zu machen.«

Da horchte der Schuhintrigant auf. Seine Augen und seine Ohren wurden groß. Und er bemerkte nicht Halwah mit den breiten Hinterbacken, die noch neben ihrem Gebieter stand; er starrte vielmehr zur Ampel empor und verlangte, mehr von ihr zu wissen. Und der Hausherr erzählte:

»Die Ampel stammt vom Kisra Anuschirwan, dem unsterblichen Perserkönig, der sie seiner unübertrefflichen Gerechtigkeit wegen von einem guten Geist erhalten hat. Ich bin ein Nachkomme dieses Königs. Doch sprich nicht davon. Ich mag es nicht. Es ist genug, dass es außer dir noch Allah weiß.«

Der Schalk schlug seine Augen zu Boden und verharrte einige Zeit in Schweigen, dann sagte er:

»Bruder, du hast mir viel Gutes getan und noch mehr Gutes jetzt erzählt. Allah überschütte dich dafür mit Glück und Freude. Du hast eine herrliche Sklavin mit Hinterbacken wie eine arabische Stute. Ich beneide dich um sie, bereue es und bitte Allah, dass er mir die Sünde vergeben möge. (Halwah erhielt einen Wink von ihrem Gebieter, und sie verschwand geräuschlos mit schwankenden Hüften.) Aber deine Wunderampel ist das Herrlichste, was du hast, und ist wohl das Seltsamste, von dem ich in meinem Leben gehört habe. Sage mir, in welcher Zeit vollführt sie die Verwandlung nichtiger Dinge zu kostbaren Gegenständen?«

Der Hausherr lächelte, denn ihm war es nicht entgangen, wie der dumme Mensch, der so schlau sein wollte, sich verraten hatte. Und er entgegnete ihm, dass er ihm darüber keine Aufklärung zu geben vermöchte. Diese Verwandlung könne schnell gehen, sie könne ebenso gut längere Zeit dauern. Sicher aber wäre es, dass sie sich in Abwesenheit eines irdischen Wesens vollziehe und außerdem mit der Stellung der Gestirne in Beziehung stände.

Noch einige Zeit verharrte der Gast sinnend, dann erhob er sich, nahm Abschied von dem Gastgeber, wobei er sich eifrig für den erwiesenen Gefallen bedankte und ihn bat, in sein Haus einzukehren, wenn er vorüberkommen sollte.

Im Basar warteten schon die Kaufleute, Ausschreier und Tagediebe auf den Schalk, der versprochen hatte, am Abend ihnen die vergoldeten Schuhe zu zeigen, d. h. vor ihnen über den verrufenen reichen Mann neue Spottreden zu führen und Witze über ihn zu reißen, wie er ihn mit den Bettlerschuhen genasführt habe. Aber er ließ sich weder blicken noch hören.

Und darüber stellten die Leute von Buchara mancherlei Vermutungen an. Besonders fiel es ihnen auf, dass der alte Schalk sich auch in den nächsten Tagen nicht mehr sehen ließ und völlig seine Gewohnheit aufgegeben hatte, durch den Basar zu schlendern, zu scherzen, zu necken und Schelmenstücke auszuklügeln, die er Nichtstuern auszuführen empfahl.

Die Lösung des Rätsels war aber die: Nachdem er mit seinen schönen Schuhen den Besitzer der Wunderampel verlassen hatte, begab er sich nach Hause, mied die Hauptstraßen und den Basar, schritt vielmehr an den kleinen Bächen entlang, die Buchara kreuz und quer durchziehen, durch die Gärten mit Fliederbäumen und Jasminsträuchern, ohne dass er vielen Leuten begegnete.

Die Begebenheit mit seinen Schuhen und der Ampel nahm natürlich sein ganzes Denken ein. Als er daher in seinem Hause anlangte, ließ er sich sein Nargileh bringen, legte sich in weiche seidene Kissen und versank in tiefe Gedanken.

Sein Erlebnis andern zu erzählen, dazu hatte er gar kein Bedürfnis. Das wäre erstens einmal eine Beschämung für ihn gewesen, da er doch damit geprotzt hatte, mit den alten Schuhen einen Streich auszuführen, der nun für ihn in einem Wunder ausgegangen war. Zweitens hatte die Begebenheit die Habgier des Geizhalses aufgestachelt, die ja jederzeit auf Lauer lag, und er wollte nicht, dass irgendein anderer Nutzen von der Wunderampel haben sollte; denn bis jetzt hatte noch kein Mensch von dem Geheimnis gewusst. Das war auch erklärlich, da jeder den alten Gauner mied.

Etwas Zweifel kam ihn aber doch an. Dieser Mensch, der als geriebener Großspitzbube in Verruf stand, sollte ein Nachkomme des großen, berühmten Königs Anuschirwan sein? Aber die Ampel konnte nur aus einem Königspalast stammen. Von dort konnte dieser Mensch sie auch gestohlen haben.

Er kam bei seinem Sinnen zu keinem Ergebnis, das ihm den Frieden des Herzens gegeben hätte. Er wusste nur, dass, wenn dieser ein Spitzbube und Betrüger war - wie man von ihm erzählte -, er niemals so großmütig sein würde, ihm diese teuren Schuhe zu schenken. Und eines Nachts, als er wieder einmal schlaflos von der ersten jungen Frau zur zweiten lief, um bei ihnen zu liegen und ihnen eigentlich nur die Nachtruhe zu nehmen, ohne ihnen etwas zu geben (die anderen drei Frauen waren schon so alt wie er und ganz mager, weil er ihnen ihrer Untauglichkeit wegen nur wenig zu essen gab), da gab ihm seine Habgier ein, dass - wenn ein Beutel mit einhundert Silbermünzen an die Ampel gehängt würde - daraus mindestens zehntausend werden müssten. Sicher wäre es so; denn auf diese Weise hätte der Ampeleigentümer seine Reichtümer erworben.

Dieser Gedanke gab ihm keine Ruhe. Er sann darüber nach, unter welchem Vorwand er sich noch einmal zu dem Besitzer der Ampel begeben könnte, ohne diesem aufdringlich zu erscheinen. Einen Beutel mit einhundert Silbermünzen durfte er schon riskieren. Die Schuhe hatten sicher einen Wert von eintausend Piastern, so dass er schlimmstenfalls keine Einbuße hatte.

Er machte sich also eines Tages mit einem Beutel voll einhundert Silbermünzen auf den Weg, abseits von Basar und Straßen, an den Wässerchen entlang, wo Narzissen dufteten und Turteltauben lachten.

Der Ampelbesitzer empfing ihn mit derselben Gastfreundlichkeit wie zuvor und fragte:

»Mein Bruder, warum kommst du wieder? Ich freue mich, dass du mich besuchst.«

Dabei blinkten aber seine listigen Augen.

»O mein Herr und Gebieter«, antwortete darauf mit großer Freundlichkeit der Ankömmling. »Ich habe eben von einem meiner Schuldner eine Summe Geldes eingenommen und bin auf dem Wege, weitere Geschäfte zu erledigen. Da ich nun fürchte, das Geld könnte mir gestohlen werden oder sonst mir irgendwie abhanden kommen, so bitte ich dich, es mir aufzuheben, bis ich in einigen Tagen es abheben werde.«

»Mit größter Freude und herzlichem Vergnügen«, antwortete der Hausherr, rief Halwah herbei, um den Beutel neben die Ampel zu hängen, und als er den Gast bewirtet hatte, der die unter der Seidenhose zitternden Hinterbacken und die bloßen Arme der schönen Sklavin nicht mehr sah, entfernte sich dieser wieder.

Als der Gauner sich allein befand, öffnete er den Beutel und tat anstatt der einhundert Silbermünzen einhundert Goldstücke hinein und hing ihn wieder an seine Stelle. Schon am nächsten Tage kam der Schalk wieder, um den Beutel abzuholen. Er nahm ihn in Empfang, ohne ihn zu prüfen, und nachdem er sich dankend verabschiedet hatte, konnte er es nicht erwarten, ihn zu öffnen. Hinter einem Fliederstrauch zog er die Schnur auf und erblickte anstatt der Silbermünzen Goldstücke.

Voller Hast lief er nach Hause. Dort schüttete er die Goldstücke auf ein Kissen, und da er sie zählte, stellte er einhundert Stück fest, also genauso viele, wie er Silbermünzen in den Beutel gelegt hatte. Jedes einzelne Goldstück prüfte er genau, hielt es gegen das Licht, ließ es auf den Steinen klingen, und kein einziges erschien ihm falsch. Dann schickte er einen Sklaven mit dem Golde zum Geldwechsler, damit dieser es abwiegen sollte. Er selbst mied die Straßen und die Menschen. Der Sklave kam zurück und sagte, jedes einzelne Goldstück habe volles Gewicht.

Da packte ihn die Habgier so wild wie einen Kamelhengst die Lust nach der Stute zur Zeit der Brunst. Schlaflos verbrachte er die Nächte und nahm auch seinen beiden jungen Frauen den Schlummer und ihre Träume, in denen sie die Erfüllung dessen fanden, was sie am Tage in Wahrheit vergeblich suchten, weil ihr Gatte verdorrt und trocken wie ein Bund Stroh war.

Am Tage setzte ihm die Habgier nicht minder zu. Er verbarg sich in seinem Zimmer, ließ niemanden zu sich und träumte andauernd von einem Berg voller Goldstücke, den er sich schaffen könnte, wenn er die Wunderampel besäße. Und schließlich trug er alle Goldstücke zusammen, zählte sie, und es ergab sich die Zahl zehntausend, die sein ganzes Vermögen darstellte. Danach füllte er sie alle in einen einzigen großen Ledersack, der Platz für die hundertfache Anzahl hatte. Nachdem er dann ein gutes Gewand angelegt hatte, wie man es anlegt, wenn man eine große Reise unternimmt, belud er mit dem Geldbeutel, den er in Tücher einschlug, um ihn unkenntlich zu machen, einen Esel, nahm einen Knecht mit und begab sich - abseits von den Hauptstraßen - zum Hause der Wunderampel.

»Herr«, sagte er, als er eintrat, »dein Sklave ist ein aufdringlicher Mensch. Noch sind kaum zwei Tage vergangen, da erscheint er schon wieder, um deine Güte in Anspruch zu nehmen.«

Der Hausherr lächelte und antwortete:

»O mein Bruder, würdest du jede Stunde am Tage zu mir kommen und stets mit einem neuen Anliegen, so dürftest du nicht so reden. Sprich nur aus und befiehl, und dein Sklave gehorcht.«

Darauf erzählte der von Habgier besessene Geizhals, dass er eben im Begriff stände, eine Reise nach Ispahan zu unternehmen, und da es möglich sei, dass er längere Zeit ausbliebe, bringe er zu ihm, dem er sein Vertrauen geschenkt habe, sein gesamtes Vermögen, damit er es bis zu seiner Rückkehr verwahren möchte. Dann befahl er dem Sklaven, den Geldbeutel ins Haus zu tragen.

Befriedigt wiegte der Gauner den Kopf. Ehrerbietig antwortete er dem Gast:

»Du weißt, dass ich dir jederzeit zu dienen bereit bin. Dein Vertrauen gilt mir soviel wie die Ehre des Sultans. Du kennst den Ort mit meinem Heiligtum, von dem der Frieden meiner Seele und mein Leben abhängen. Mehr sage ich nicht.«

Nun schleppte der Geizhals selbst den schweren, umhüllten Goldbeutel in das Zimmer. Aber Halwah, für deren Hinterbacken und bloße Arme er kein Auge mehr hatte, vermochte natürlich nicht allein die Last emporzuheben und zu befestigen. Deshalb mussten die beiden Männer behilflich sein. Da außerdem keine Schnur im Hause so stark war, den Beutel auch zu halten, mussten sie zehn feste Riemen zusammenbinden.

Nachdem sich in üblicher Weise der Gast verabschiedet hatte, wobei er sich oft noch nach seinem irdischen Vermögen umblickte, begab er sich in Hast nach Hause und verblieb den ganzen Tag im Harem. Seinen Dienern aber hatte er befohlen, wenn jemand nach ihm fragen sollte, zu sagen, dass er eine große Reise angetreten habe.

Neben der Habgier plagte ihn nun noch eine große Unruhe. Er hatte sich ausgerechnet, dass die zehntausend Goldstücke zu einem Wert von einer Million anwachsen müssten, wenn sie sich in demselben Maße wie die Silbermünzen im Werte vergrößern würden. Deshalb hatte er den Ledersack groß genug gewählt. Er hatte die Goldstücke nicht abwiegen lassen. Sicher hatten nicht alle das volle Gewicht. Aber er dachte sich, das würde wohl bei der Ampel oder deren dienstbarem Geist nichts machen. Bei alledem war er ein so großer Dummkopf, dass er sich noch nicht einmal Rechenschaft darüber gab, wie eine hundertfache Last denn von einer Stubendecke gehalten werden könnte.

Der habgierige Geizhals hatte sich vorgenommen, acht Tage verstreichen zu lassen, weil er doch vorgegeben hatte, eine große Reise anzutreten, ehe er sein Geld wieder abholen wollte. Aber es fiel ihm schon schwer, bis zum nächsten Tage zu warten. Die Nacht erschien ihm als die schrecklichste seines Lebens.

Als aber der Morgen graute, da legte er sofort wieder das schöne Reisekleid vom anderen Tage an, nahm zehn seiner Sklaven mit ebensoviel Eseln, mit Körben beladen, und machte sich auf den Weg zum Ampelbesitzer. Natürlich fiel diese sonderbare Karawane in den Straßen der Stadt auf. Aber er machte sich nichts mehr daraus, und es war ihm auch gleichgültig, dass Kinder und allerlei Volk, wie es sich nichtsnutzig tagsüber umhertreibt, ihm folgten; denn in einer Stunde würde er mit einer Goldlast zurückkommen, so dass sie dann nicht mehr über ihn reden würden.

Vor dem Hause des reichen Gauners angelangt, hieß er seine Diener mit den Tragtieren halten, und er begab sich hinein.

Der Hausherr umarmte und küsste ihn, und der habgierige Geizhals begann mit ihm ein Gespräch über ganz nebensächliche Dinge, ohne nach seinem Golde zu fragen, um seine Gleichgültigkeit in irdischen Dingen zu zeigen. Und als der Hausherr ihn fragte, ob er seine Reise erst antreten wolle oder schon wieder zurückgekehrt sei, erklärte er, er habe sich bereits unterwegs befunden, als ihn ein Eilbote einholte und ihm die Nachricht brachte, dass eine seiner Frauen heftig erkrankt sei, weshalb er schleunigst umkehrte.

Da er seine Reise also verschieben müsse, komme er, ihn zu bitten, ihm seinen Schatz wieder auszuhändigen.

»Von Herzen gern und mit größter Freude«, antwortete der Hausherr eilfertig und rief Halwah herbei. Ehe jedoch die beiden Männer im Begriff waren, die Goldlast mit abzuheben, hatte die Sklavin bereits die Riemen gelöst und dem Gast den Ledersack, der schlaff wie der Beutel eines alten Kamelhengstes herabhing, gereicht. Als der Geizhals ihn nun derart erblickte, anstatt einer Zentnerlast von Gold, da fiel er ohnmächtig um.

Man rieb ihn mit Rosenwasser ein, und als er wieder zu sich kam, fragte ihn der Großgauner unbefangen und voll Mitleid: »O mein Bruder, was ist dir? Hat dich die Reise so mitgenommen, oder ist dir irgendein Unwohlsein angekommen?« Der andere aber schrie:

»O du Halunke, du Spitzbube und Gauner, der du bist und als den man dich kennt, wo hast du mein Gold? Meine zehntausend Goldstücke, die ich dir gestern brachte, sind verschwunden, und anstatt eine noch größere Goldlast zu finden, ist der Lederbeutel wie ein ausgesaugter Hodensack. Was hat es denn für eine Bewandtnis mit deiner Wunderampel?«

Darauf antwortete der Hausherr beleidigt:

»Wie kommst du dazu, mich derart zu schelten, da ich ein angesehener Einwohner bin und dir nichts als Gutes erwiesen habe? Wohl brachtest du gestern einen Ledersack mit einer Last, doch was sich darinnen befand, das weiß ich nicht, da ich nicht hineinsah. Habe ich dir aber befohlen oder dich gebeten oder dir geraten, die Goldstücke zu bringen? Noch jedes Mal gab die Ampel allem, was in ihrer Nähe hing, einen mehr als hundertfachen Wert, davon hast du dich ja selbst überzeugt. Darum ist mir dieser Vorfall unverständlich. Aber siehe erst

einmal im Beutel nach, ob sich nicht ein Zeichen darin befindet, von dem man weiter schließen kann.«

Mit Tränen in den Augen, die ihm schwer über Wangen und Bart rollten, öffnete der habgierige Geizhals den Ledersack, und da er tief hineingriff, entdeckte er etwas Hartes. Er zog es heraus, und siehe, es war ein weißer Stein, wie man ihn in Buchara nie gesehen hatte, und auf dem Steine stand in seltsamer Weise geschrieben:

Gold ist der höchste Wert auf dieser Erden,
Nichts reicht an ihn heran und seine Macht,
Drum kann das Gold im Wert erhöht nicht werden,
Würd' auch sein Glanz mit Huris Glanz entfacht.
Doch wisse du, der mir sein Gold gegeben,
Mit tausendfachem Wert liegt es im Ars*.
Dafür ist sicher dir ein ewiges Leben,
Wie's keinem zweiten ist vergönnt von Fars**.

Der unglückliche, betrogene Schalk war nicht imstande, die Nachricht aus dem Jenseits zu lesen; der Hausherr las sie laut und mit Ergriffenheit ihm vor. Dann klopfte er dem Weinenden auf die Schulter und rief freudig:

»O Bruder, welches Glück ist dir widerfahren. Du bist ein Fürst auf Erden und wirst ein König im Himmel bei Huris und köstlichen Speisen sein! Warum weinst du, o mein Freund? Jauchze auf und danke Allah für die unermessliche Güte, die dir widerfahren ist. Du bist reicher als der König der Könige. Ich bin wert, dein armseligster Sklave zu sein!«

Aber diese Worte machten gar keinen Eindruck auf den Unglücklichen. Dieser jammerte vielmehr andauernd: »Meine Goldstücke, o meine zehntausend Goldstücke!«

Dabei flossen ihm die Tränen so reichlich aus den Augen, das sein Bart wie ein Strauch im Regen tropfte und sein Kleid nass wurde.

Da aber verzog sich das Gesicht des Hausherrn zu finsterer Miene, und er sprach streng zu seinem Gast:

»Höre, mein Bruder. Ich hielt dich für einen gläubigen Moslem, der verächtlich auf die irdischen Güter sieht und als das größte Glück des Menschen den Himmel betrachtet. Daher nahm ich mich deiner an und ließ mich dafür von dir auf das gröbste schmähen und beschimpfen. Deinem Verhalten nach scheinst du jedoch kein guter Moslem, sondern ein Ungläubiger zu sein!«

** Ars = neunter Himmel ** Fars = Persien*

Da erhob sich der betrogene Schalk, nahm seinen ausgeleerten Geldsack und schlich verstört davon. Sein Schmerz war so groß, dass er seine Diener mit den Tragtieren und den Volkshaufen vergaß. Den Ledersack neben sich herschleifend, weinend wie eine angeschnittene Rebe taumelte er seinem Hause zu und jammerte ununterbrochen: »Meine zehntausend Goldstücke, o meine zehntausend Goldstücke!«

Und hinter ihm her zogen seine zehn Sklaven mit den zehn Eseln, die das Gold wegtragen sollten, begleitet von Straßenkindern und Bummlern. Und die Händler und Kaufleute des Basars liefen zusammen und fragten, was wohl dem sonst zum Scherzen und Spotten aufgelegten Mann widerfahren sei. Da sie hörten, dass er aus dem Hause des Großgauners komme, wussten sie wohl, dass dieser ihn schwer geprüft haben musste, und einige sagten:

»Er wird ihm sicher die Schuhe nicht vergoldet haben.«

Tagelang mied er Speise und Trank und war weder von einer seiner Frauen noch von seinen Nachbarn und Freunden zu trösten. Kein Goldstück hatte er mehr im Hause. Alles hatte er im Neunten Himmel angelegt. Da er kein Geld mehr hatte, schickte er nach einigen Tagen einen seiner Sklaven mit einem kostbaren Schmuckstück in den Basar und ließ es verkaufen, damit er Nahrung für sich und seine Hausbewohner kaufen konnte.

Einigen seiner Freunde vertraute er schließlich sein Glück an, das ihm nur als ein schreckliches Unheil erschien, obgleich er sich für einen gläubigen Moslem hielt, der alle Gebete des Korans befolgte und niemals ein vorgeschriebenes Gebet versäumt hatte. Und er teilte ihnen mit, dass er sich in dieser Sache an den Großkadi wenden wolle. Davon rieten ihm seine Freunde, die es ehrlich mit ihm meinten, entschieden ab; denn sie erklärten, wenn es zu den Ohren des Sultans käme, dass ihm statt jenem von ganz Persien das schönste Leben im Himmel bevorstehe, könne sein Unglück noch größer werden.

Der Kummer beugte den habgierigen Greis, und nach kurzer Zeit starb er. Und die Leute von Buchara sagten:

»Er tat recht daran, von der Erde zu scheiden, da er ja im Himmel bereits bezahlt hat!«

Der reiche Gauner aber strich sich den Bart. Er hatte weiterhin seine

Ruhe. Hätte er die Sache mit dem Goldbeutel nicht auf diese Weise zum Abschluss gebracht, wäre wohl allmählich ganz Buchara zu ihm gekommen, um sich von seiner Wunderampel alte Schuhe in kostbare und Silbermünzen in Goldstücke verwandeln zu lassen, so dass sein zusammengestohlener Reichtum nicht ausgereicht hätte, alle Wünsche zu befriedigen. So aber mieden ihn die Leute wie bisher; denn keinem gelüstete es wie den habgierigen Schalk danach, eine Botschaft aus dem Jenseits zu erhalten.

Die starke Prinzessin

Es lebte einmal, wie man erzählt, eine Prinzessin von wunderbarer Schönheit. Sie war von solcher Geschicklichkeit zu Pferde und in der Führung der Waffen, dass kein Mann ihr darin verglichen werden konnte. Viele Fürsten hatten schon um sie geworben und erhielten immer die Antwort, dass sie sich ihr im Felde zum Kampfe stellen müssten. Denn dieses war ihr Wille: »Der wird mein Gemahl sein, der mich im Zweikampf besiegt. Besiege aber ich ihn, so nehme ich ihm Waffen, Pferde und Rüstung weg und lasse ihm meinen Namen mit einem glühenden Eisen in die Stirn brennen.« Diese harten Bedingungen hielten manche doch nicht zurück, die von weit her kamen, aber die Prinzessin besiegte sie alle, nahm ihnen die Waffen ab und zeichnete sie selbst auf der Stirn.

Da hörte der Sohn eines persischen Königs von ihr und nahm sich vor, die weite Reise zu machen; er führte große Reichtümer mit sich. Er kam in die Stadt, wo der Vater dieser Prinzessin regierte, brachte seine Schätze an einen sicheren Ort und stellte sich am nächsten Tage dem Könige mit kostbaren Geschenken vor. Der empfing ihn sehr gütig und versicherte ihm, wie glücklich er wäre, wenn er siegte. Daraufhin bereitete sich der Prinz zu dem Kampf gegen die schöne Prinzessin vor und bat um die Angabe der Stunde. Die Prinzessin war einverstanden und bestimmte die genaue Zeit. Sofort verbreitete sich die Kunde durch die ganze Stadt, und zur festgesetzten Zeit war eine große Menge dort versammelt, wo der Kampf vor sich gehen sollte.

Die Prinzessin erschien vom Kopf bis zu den Füßen gewappnet, sie trug einen Gürtel und eine Maske. Gleich darauf kam auch der Prinz in seiner schönen Rüstung. Sie grüßten einander auf kriegerische Weise und begannen den Kampf. Er dauerte lange und war heftig; Kraft und Geschick taten ihr Werk, und die Prinzessin erkannte bald, dass sie den Vorsichtigsten der Vorsichtigen zum Gegner hatte, denn noch nie hatte sie eine solche Ausdauer gefunden. Der Prinz war ihr wirklich überlegen, und sie befürchtete ihre Niederlage. Da nahm sie Zuflucht zur Schlauheit und riss die Maske vom Gesicht. Sobald der Prinz ihr wundervolles Antlitz sah, war er von dessen Reizen so geblendet, dass er seine Kraft vergaß und nicht mehr an den Kampf dachte. Die Prinzessin bemerkte den Eindruck, den sie auf den

Prinzen machte, nutzte den Augenblick, rannte ihn mit dem Speer an und hob ihn aus dem Sattel. Und wie ein Blitz stellte sie ihm ihren Fuß auf die Brust. Der Prinz aber hörte nicht auf, sie zu bewundern, und achtete gar nicht auf das, was ihm geschah. Die Prinzessin nahm ihm Pferd, Waffen und Rüstung - aber das Zeichen auf seine Stirn zu brennen, dazu konnte sie sich nicht entschließen. Sie hieß ihn einfach das Kampffeld verlassen.

Da erst kamen ihm seine Sinne wieder, und er erkannte, was er verloren hatte. Vor Kummer und Sorge konnte er weder essen noch trinken, so sehr war ihm die Liebe zur Prinzessin ins Herz gedrungen. Er verabschiedete sein Gefolge und schrieb seinem Vater, dass er nicht heimkehren wolle, er hätte denn sein Ziel erreicht. Und wenn er es nicht erreichen sollte, so sei er entschlossen, zu sterben. Dieser Brief machte den Vater ganz verzweifelt, und er nahm sich vor, seinem Sohn zu Hilfe zu kommen und ein Heer zu rüsten, um die Prinzessin zu entführen. Seine Minister rieten ihm aber davon ab, und so übergab er das Schicksal seines Sohnes Gott. Der Prinz aber dachte sich einen Plan aus. Er legte Bauernkleider an, stellte sich dem Obergärtner der Königin vor und sagte, er wäre ein vorzüglicher Gärtner, der sich besonders auf Rosen, Tulpen und Veilchen verstünde. Der Obergärtner nahm ihn in Dienst, und bald hatte der Prinz erfahren, dass die Prinzessin des Abends oft mit den Damen ihres Gefolges die Kühle ihrer Gärten aufsuchte. Der Prinz verstand wirklich viel von Gartenkunst, und da er so geschickt war, gewann er das Vertrauen seines Vorgesetzten, der ihm hundert Sklaven unterstellte, die dem neuen Gärtner vollen Gehorsam zu leisten hatten.

Ein paar Tage darauf kamen eine Menge Sklavinnen in den Garten, die Teppiche und kostbare Vasen trugen. Als der Prinz sie nach der Ursache ihrer Vorbereitungen fragte, erfuhr er, dass am Abend die Prinzessin in den Garten kommen würde, um sich zu zerstreuen. Sofort eilte der Prinz an den Ort, wo er seine Schätze und Kostbarkeiten vergraben hatte, brachte einige Kassetten mit herrlichen Steinen und befahl seinen Sklaven, sich zurückzuziehen. Er versteckte sich in einem Boskett. Bald darauf erschien die Prinzessin inmitten ihres Gefolges wie der Mond unter den Sternen. Erst liefen die Damen lachend und scherzend durch den Garten und kamen an die Stelle, wo sich der Prinz versteckt hielt. Er hatte alle Diamanten, Rubine und

Smaragde ausgebreitet und saß bescheiden daneben. Die Damen fragten ihn erstaunt, was er da täte. Er antwortete, dass er Gärtner im Palast wäre und dass er beim Graben diesen Schatz entdeckt hätte. Darauf trat die Prinzessin, die ihn in der gewöhnlichen Kleidung nicht erkannte, näher und bewunderte verständnisvoll die Steine. Sie fragte ihn, was er denn könne, und er erwiderte, dass er stark und geschickt im Zweikampf wäre, und wenn eine der Damen mit ihm kämpfen wolle, so sei er dazu bereit um einen Kuss. Die Prinzessin, die gern scherzte, lachte laut, bezeichnete eine der weniger schönen unter ihren Damen und sagte: »Ich gebe dir diese da als Gegnerin.«

Die Prinzessin hatte alle ihre Damen im Zweikampf unterrichtet. Nachdem nun die beiden Gegner die hinderlichsten Kleidungsstücke abgelegt hatten, kämpften sie miteinander, aber der Prinz bezwang die Dame und gab ihr sofort einen Kuss auf die Wange. Die Besiegte stand errötend und seufzend auf und sagte ihren Freundinnen Dinge ins Ohr, die diese verlegen und lachen machten. Darauf bezeichnete die Prinzessin eine andere Schöne und sagte zu dem falschen Gärtner: »Kämpfe nun mit dieser.«

»Gern, gnädige Frau«, entgegnete er, »aber diesmal muss der Einsatz ein Kuss auf die Stirn sein.« Die Dame willigte ein, wurde besiegt und bekam einen Kuss. Da befahl die Prinzessin einer dritten, noch schöneren, sich auf den Kampf vorzubereiten. Diesmal war die Bedingung ein Kuss auf den Busen. Und wieder siegte der Prinz. Da stellte ihm die Prinzessin die schönste und geschickteste von ihren Damen zum Kampf, und der Prinz verlangte als Preis einen Kuss auf den Mund. Die erregte Prinzessin erklärte, wenn er auch diese besiegen würde, sich selbst zum Kampfe stellen zu wollen. Und wieder siegte der Prinz und drückte nun der Schönen einen Kuss auf den Mund, der so lange dauerte, dass die Prinzessin ihm Einhalt befehlen musste. Mit zitternden Lippen und bebendem Busen trat die Besiegte zu ihren Gefährtinnen, und der Gärtner war nicht minder erregt als sie. Er riss sich alle Kleider vom Leibe, die ihn genierten, als die Prinzessin sich selbst zum Kampfe stellte.

»Und was ist der Einsatz?« fragte der Prinz.

»Mein Leben gegen das deine«, schrie die Prinzessin laut. Nach einem harten Kampf ließ der Prinz die Prinzessin nach rückwärts gleiten, fiel auf sie nieder und drückte seinen Mund auf den ihren. Nun hatte die Prinzessin ihren Gegner aus dem Turnier erkannt, und ohne sich nur leise zu wehren, empfing sie zweimal die brennende Liebe ihres Bezwingers in derselben Stellung, in der sie hingestürzt waren. Als sie sich zitternd vor Scham, Liebe und Freude erhoben hatte, sprach sie zum Prinzen: »Ich will meine Niederlage nicht öffentlich bekennen. Du hast gesiegt, und ich gehöre dir. Entführe mich noch heute Nacht, denn ich liebe dich.«

Der Prinz warf sich vor ihr nieder und küsste ihre Füße. In derselben Nacht bestiegen sie schnelle Pferde und galoppierten nach Persien, wo sie glücklich ankamen. Dem Vater der Prinzessin sandten sie sofort Nachricht mit vielen Geschenken und luden ihn zur Hochzeit ein, die beide zu einem glücklichen Paar vereinte.

Die Lichtgestalt

In einer persischen Stadt soll, wie man erzählt, einst ein Kaufmann gelebt haben, der ebenso dumm wie reich war, denn er vermochte die Zahl seiner Schätze nicht zu zählen. Seine Frau, Aram mit Namen, hatte ein Liebesverhältnis mit einem jungen Manne, und sie trieb es so arg, dass die ganze Stadt davon sprach. So erfuhr auch der Kaufmann davon, und er beschloss, der Sache auf den Grund zu gehen und seiner Frau den Scheidebrief zu geben, wenn das Gerücht sich bewahrheitete.

Um seine Frau nun zu überraschen, versteckte er sich eines Tages in einer Ecke des Harems, und siehe da: Er erblickte tatsächlich seine Frau in zärtlicher Unterhaltung mit dem jungen Manne.

Noch ehe das Paar sich aber auf den Diwan legte, erblickte Aram ihren Gatten im Winkel, und indem sie ihrem Liebhaber heimlich ein Zeichen gab, sprach sie listig und leise zu ihn: »Mein Eheherr hat sich hier versteckt, darum werde ich dir wohlüberlegte Worte sagen, höre sie an und gehe!« Und nun sprach sie mit lauter Stimme zu dem jungen Manne die Worte: »Ein Bruder sollst du mir sein, nicht für diese Welt, sondern für die andere! Betrachte mich aber nicht mit fleischlichen Begierden, wie auch ich dies nicht tue, denn ich habe dich nur wegen einer Angelegenheit rufen lassen, die über alle Maßen wichtig ist. Leider bist du kein Mitglied unserer Familie, und ich hätte dich nicht an diesem Orte, den nur mein heißgeliebter Gemahl betreten darf, empfangen sollen, aber das Kismet wollte es so. Was es denn gäbe, fragst du?! So höre denn! Mein Mann hatte sich wegen dringender Geschäfte nur kurze Zeit von mir entfernt. Der Schmerz über diese Trennung nagte so entsetzlich an meinem Herzen, dass ich keine Nachtruhe finden konnte. Da erschien mir im Traume eine Lichtgestalt, die mich also ansprach: „Das Leben deines Gatten geht zur Neige, den letzten Tropfen seines Daseinsbechers hat der Todesengel bald getrunken - deines Gatten Seele rüstet sich, von dieser Welt zu scheiden!“ Als ich dies vernahm, fiel ich sofort in eine tiefe Ohnmacht und weiß nicht mehr, was mit mir geschehen. Durch einen Kuss der Lichtgestalt auf meine Stirn erwachte ich wieder und hörte die salbungsvollen Worte: „Unschuldiges, herzensreines Weibchen, du dauerst mich, dein Schmerz um das Schicksal deines Gemahls ist überwältigend; deiner treuen, hingebenden Liebe wegen will ich dir helfen und dir einen Weg weisen, wie du das Leben deines geliebten Gatten verlängern kannst. Gelobe mir aber, dass du meinen Rat sofort zur Ausführung bringst!"

Ich beschwor den helfenden Schutzgeist mit allen heiligen Eidschwüren und bat flehentlich, mich wissen zu lassen, wie ich das kostbare Leben meines herrlichen, unersetzlichen Gemahls verlängern könne. Und die Stimme antwortete: „Also verschaffe dir einen fremden Mann, der mit deiner Familie nichts zu tun hat, lass ihn an derselben Stelle neben dir liegen, wo dein Gatte sonst zu liegen pflegt, und beginne mit diesem fremden Menschen eine gar zärtliche Unterhaltung. Hüte dich aber vor jeder fleischlichen Begierde und betrachte ihn, selbst wenn er sich entkleidet haben sollte, nur mit keuschen Blicken!"

Um meines einzigen innig geliebten Gatten kostbares Leben zu verlängern - Allah gebe ihm noch hundert Jahre irdischer Freude - und um den Befehlen des lichten Himmelsboten nachzukommen, habe ich dich herbeigerufen und dir gestattet, den geheiligten Platz meines Gemahls einzunehmen. Verzeih mir, wenn ich dich dadurch in eine unangenehme Lage gebracht habe, und ich bitte dich, mich nicht mit den verlangenden Blicken eines Mannes zu betrachten, wie ich dich auch keineswegs mit den lüsternen Augen eines liebeheischenden Weibes ansehe. Viele zärtliche Worte habe ich mit dir gewechselt und darf wohl hoffen, dass du um dieser Liebkosung wegen meine Bitte erfüllst und nunmehr heimkehrst. Allah segne dich auf deinem Wege!«

Der Jüngling erhob sich von dem Lager, verneigte sich tief und sagte: »Deine Worte sind rein wie der weiße Schnee auf den Bergspitzen, klar und unbefleckt wie deine weibliche Ehre! Für diese Welt und im Jenseits sollst du nichts anderes sein als meine Schwester, und nie kam es mir in den Sinn, dich mit unkeuschen Blicken zu betrachten!«

Dann stand der fremde Mann auf und verschwand. Aram ging nunmehr in ihre Bodenkammer und legte sich zur Ruhe. Jetzt kroch auch der Ehemann aus seinem Versteck hervor, legte sich zu seiner Frau ins Bett und schmiegte sich an ihren Leib. Aram tat so, als ob sie plötzlich erwachte, und rief erstaunt aus: »Oh, mein Guter, mein Herzensschatz, woher kommst du so plötzlich?«

»Was wäre mir das Leben ohne dich, mein treues Weib«, erwiderte der

Mann, »du bist meines Daseins Fundament! Nichtswürdige Leute hatten das Gerücht verbreitet, du gingest auf Abwegen. Beinahe hätte ich, ohne selbst zu prüfen, diesen bösen Zungen Glauben geschenkt und dich dem Gespött preisgegeben.

Allah sei Dank, denn deine Unschuld ist an den Tag gekommen, und meine Liebe zu dir ist jetzt noch tausendmal glühender als je zuvor. Als ich dir vorredete, eines Geschäftes wegen verreisen zu müssen, versteckte ich mich in dem unteren Zimmer und beschloss, dich von meinem Schlupfwinkel aus zu beobachten, und als ich sah, wie du mit einem fremden jungen Manne Zärtlichkeiten austauschtest, überkam mich, was ich dir offen gestehe, ein gewisser Argwohn. Als du aber von der seltsamen Lichterscheinung erzähltest, da erst begriff ich deine selbstlose und hingebende Liebe für mich. Der schmucke Jüngling, den du dir zu deinem wohltätigen Werke und zu meinem Wohle auserkoren, soll auch mir für alle Zeiten ein Bruder sein und in unserem Hause ein und ausgehen, ganz nach seinem und deinem Belieben. Was die Leute künftig schwatzen werden, soll mich wenig kümmern, denn sie wissen nicht, wie die Dinge zusammenhängen, und was sie aus Dummheit und Neugierde reden, ist doch nur böswilliges und gemeines Zeug. Mir ist die Morgenröte der Erkenntnis aufgegangen, und jetzt, da ich weiß, woran ich bin, will ich den schlechten Menschen, die nur aus Irrtum zu Verleumdern wurden, nicht mehr grollen. Nur ein einziger Gedanke quält mich noch: Möchte doch der brave junge Mann uns nicht vergessen!«

Die gute Aram sorgte dafür, dass diese Befürchtung sich nicht erfüllte!

Die schöne Sklavin

In Teheran lebte einst ein reicher Mann, der viele Güter, Kostbarkeiten, Sklaven und Sklavinnen in Menge besaß, viel in der Gesellschaft des Königs war und Abdullah Enveri hieß.

Aber er war trotz seines Reichtums nicht glücklich; denn er hatte keine Kinder, worüber auch sein Weib in Trübsinn verfiel. Nun war er ein vorbildlicher Moslem, peinlich in der Erfüllung der religiösen Vorschriften, gutmütig und freigebig den Armen gegenüber, auch seine Frau war fromm und betete viel.

Der König war über die Veränderung Abdullahs gar nicht erfreut; denn früher war er sein lustigster Gesellschafter, mit dem er sich allerlei Scherze erlauben konnte. Und da der Herrscher alt war, jedoch noch lebenslustig, und die Gegenwart solcher Menschen nicht entbehren wollte, sprach er zu ihm:

»Was grämst du dich um deine Nachkommenschaft? Sicher liegt die Schuld an deinem Weibe, das - wie ich erfahren habe - viel beten soll. Sie ist eben wie alle die Frauen, die nicht zum Kindersegen neigen und deshalb die Passion haben, viel zu beten. Suche dir also die schönste und gesündeste unter deinen Sklavinnen aus, von der du weißt, dass sie die Pforte noch keinem Besucher geöffnet hat, stärke dich mit den besten Speisen, bete inbrünstig zu Allah und lass danach deine Lenden auf dem Mädchen mit dem Ungestüm eines zweijährigen Araberhengstes spielen, der bei bestem Futter ein halbes Jahr nicht aus dem Stall gekommen ist und Tag und Nacht Witterung von hundert ungedeckten Stuten aus dem Nebenstall erhalten hat. Dann wird Allah dein Gebet erhören und deiner Sklavin einen Knaben schenken, der die Kraft all deiner unnütz vergeudeten Mühen in sich vereinigt und den du als deinen Sohn und Erben annehmen kannst.«

Abdullah verzog den Mund zu einem Lächeln und schwieg. Er hatte nämlich ein schlechtes Gewissen insofern, als die Schuld an seiner Kinderlosigkeit nicht an seinem Weibe, sondern sicher an ihm liegen musste; denn eine Sklavin, bei der er gern lag und so oft, als es ihm der Dienst bei seinem Weibe erlaubte, hatte ihm bis jetzt noch nicht den geringsten Erfolg seines Kampfes nach zwei Fronten angezeigt.

Er hatte seine angetraute Gattin sehr lieb und wollte sie nicht dadurch kränken, dass er seinen Bedarfsartikel aus anderer Quelle bezog. Eigentlich hätte er ihr gerne sämtliche Überschüsse aus seinem Pistazienmagazin zugute kommen lassen, so dürftig sie auch waren, aber sein Weib plagte gerade in den schönsten Augenblicken das Unglück wegen des Mangels der Nachkommenschaft. Jedes Mal sang sie dieselben Jammerlieder und rief Allah so laut und inbrünstig an, dass Abdullah in Verwirrung geriet, aus dem Takt kam und es ihm schwer wurde, den Löffel von neuem zu schwingen, um den Kuchen fertigzurühren. Dabei war seinem Weibe keine seiner Lagen recht, und jedes Mal hatte es eine neue Idee, die ihm von klugen, erfahrenen Frauen mitgeteilt worden war, auf welche Weise er sich an sie hängen musste, um das Versäumte nachzuholen und einen Erben zu erlangen.

Das eine Mal sagte sie: »Es geht bei dir viel zu schnell und zu wild, wodurch es unmöglich wird, dass alles seinen richtigen Verlauf nimmt.«

Das andere Mal klagte sie: »O mein Herr und Gemahl, du bist doch das schlappschwänzigste Geschöpf, das sich denken lässt, und obendrein dumm wie ein Fisch, der seinem Weibchen noch nicht einmal wie die armseligste Mistfliege auf den Rücken zu steigen versteht. Hätte ich das gewusst, wie du mich auf mein Alter noch dastehen lässt, dann würde ich mich beizeiten nach einem stoßfesten Jüngling umgeschaut haben, deren ich als junges Weib mehr als genug bekommen hätte, um mit einem Fehltritt eine Schande aus der Welt zu jagen. Jetzt ist es zu spät, und ich muss am eigenen Leibe erfahren, wie du zimperlich deinen Schlauch langsam hineinsteckst und wieder herausziehst, als ob auf diese Weise Lebensgeister geweckt werden könnten.«

Das dritte Mal wieder schlug sie vor: »O mein Herr, es ist ganz klar, dass wir keinen Erfolg in unserem Ringen haben können, und wenn uns noch so sehr der Schweiß von den Lenden über die Hinterbacken rinnt. Denn die Begattung der Menschen ist doch eine heilige Angelegenheit. Wie sollte denn sonst der Ruhm Allahs erhalten bleiben? Nun bete ich ja andauernd und vergesse selbst in dem heißesten Augenblick nicht, Allahs Namen zu nennen. Aber wie begatten wir uns? Wie die Tiere, ja wie die Ungläubigen! Denn wir achten gar nicht darauf, dass wir die Stellung in der Richtung nach dem Grabe des Propheten, den Allah erhöhen möge, einnehmen. Darum wollen wir von jetzt an Acht geben, dass ich meinen Schoß nach Mekka zu richte, dann - das darfst du mir glauben - wird der Eine Gott, der Gütige, uns mit einem Kind erfreuen.«

Darauf antwortete der schwergeprüfte Mann:

»Geliebtes Weib, deine Rede ist gut durchdacht und klug. Allah möge dir ein langes Leben gewähren und mit ihm deinen scharfen Verstand erhalten, ja noch mehr schärfen, möge er dich mit dem Höchsten auszeichnen und dir ein Kind gewähren, das all das Übermaß deines Verstandes und deiner klugen Rede geerbt hat. Aber bedenke doch: Wenn du deine Herrlichkeit Mekka zu richtest, was soll da der Prophet des Einen Gottes - sein Name sei gepriesen - von mir denken, dass ich ihm den Hintern zustrecke? Ich fürchte, das wird uns erst recht in Ungnade bringen, daher lass uns in Zukunft fürsorglich darauf achten, dass ich nicht unbewusst nach Mekka blind schaue.«

Das vierte Mal riet sie:

»Ich lege mich auf den Bauch, und du kletterst auf meine Hinterbacken, so wie es ein Eselhengst mit seiner Stute tut, bei denen Unfruchtbarkeit eine Seltenheit ist. Vielleicht will es Allah, dass wir uns demütigen wie die Tiere, damit er uns dann umso lieber erhört. Daher nimm alle deine Kraft zusammen, mein geliebter Gatte, damit wir uns des Eselpaares würdig erweisen.«

Und das fünfte Mal hatte sie folgende Methode:

Sie legte sich auf die Seite, reckte das eine Bein hoch empor und stützte es an der Wand. Dann befahl sie ihrem Gatten, sich quer zwischen die beiden Schenkel zu legen und sagte:

»Sieh, herzallerliebster Gatte und Gebieter, diesen Gedanken gab mir Allah im Traume ein, darum wollen wir seinen Namen loben. In solcher Weise ist es deinem Gärtner möglich, bequemer den Garten Eden zu bebauen, du gelangst tiefer hinein, und dein Samen kann den Boden nicht verfehlen, der auf ihn wartet, um ihn aufzunehmen, vorausgesetzt, dass du welchen zu liefern imstande bist und er keimfähig ist. Denn ich muss gestehen, dass es mir oft genug erschienen ist, als ob ich bei dem Feuerwerk, das aus Zischen, Reiben und Bumsen besteht, leer ausgegangen sei. Lass uns daher nicht vergessen, zu Allah zu beten, seinen Namen zu preisen und seine Güte zu rühmen. Er wird dir deinen Samen stärken, damit er aufgeht und einen Baum aus ihm wachsen lässt. Inschallah. Nun also gib dir Mühe, ohne so laut dabei zu stöhnen, und spare dir den Wind auf, bis sich die Rose entfaltet hat. Ehre sei dem Einzigen Gott!«

Aber alles dies half nichts. Abdullah war es eine Qual, sich zu seinem Weib zu legen, und oft genug schützte er Krankheit vor oder erfand irgendeine Ausrede, während seine Gemahlin nur noch trübsinniger wurde, so dass niemals ein Lächeln auf ihrem Antlitz zu erblicken war und noch viel weniger ein Wort des Scherzes über ihre Lippen kam.

Darum ging er gern zu seiner Sklavin, die ein Mädchen aus dem Lande Chorassan war. Sie besaß einen vollen Bauch und hatte ausladende Hüften, auf denen er besser als in seinem Bett ruhen konnte. Sie war stets lustig und erheiterte ihn mit Erzählen, mit Liedern und mit Liebkosungen, die sein eckiges Weib nicht zu bieten vermochte. Er hatte zu ihr unbegrenztes Vertrauen, und ihr klagte er seine Leiden und teilte ihr auch die Stücklein mit, die sich zwischen ihm und seinem Weibe zutrugen. Er war natürlich ihr gegenüber sehr freigebig und ließ ihr allen Willen. Daher war es ihr leicht, sich einen Liebhaber zu halten, der sie mit dem Nötigsten versorgte, dessen sie reichlich bedurfte, da ja ihr Herr bereits vor dem Ausverkauf stand und die Lieferungen oft einstellte.

Eines Tages in der Nachmittagsstunde, die er in einer entlegenen Kammer gewöhnlich mit der Sklavin zu verbringen pflegte, fragte er sie, was denn wohl die beste Art sei, nachdem er die Erlebnisse der vergangenen Nacht geschildert hatte. Darauf antwortete das Mädchen aus Chorassan:

»Schnell hinein, langsam zurück,
Dies gilt keinem Weib als Glück.
Langsam hinein und schnell heraus,
Löscht die Freude plötzlich aus.
Aber vorwärts mit Bedacht - Rückwärts leise, sanft und sacht –
Selig, welches Weib die Nacht
So mit einem Mann verbracht.

Diese Verse kenne ich noch von meiner Kindheit her, ehe ich aus meiner Heimat Chorassan zu dir nach Teheran kam. Und es ist in der ganzen Welt bekannt, dass im Lande Chorassan Menschen von Verstand und Gemüt leben, die in Liebessachen Meister und vorbildlich sind. Was nun die Stellung anbetrifft, so höre zu, wie darüber die Leute meiner Heimat denken, denen es Ehli, der Dichter schmachtender Liebeslieder, vorgesagt hat; denn er stammte, wie du ja selbst weißt, aus jenem teuren Gebiet nördlich der Salzwüste, wo ich als Kind unter Maulbeerbäumen mit jungen Dachsen und Levkojen spielte:

Auf golddurchwirkten Decken, seidnen Kissen,
Dort leg des Alabasters Reichtum breit,
Den deines Weibes Glieder in sich schließen!
In lilienzarter Ausgezogenheit.
Richt eines ihrer feinen Beine schön;
Woher von Ost das erste Frührot tastet,
Wo Abendgold schwer auf Narzissen lastet,
Nach Westen, muss das andre deutlich gehn.
Doch merk noch eins, damit es dich nicht reuet:
Nach Süden nie zeig ihres Schoßes Pracht
Kommt Wind von dort, er stets mit Regen dräuet,
Drum richt das Regenloch nach Mitternacht.
Nun ist's soweit, nun magst du dich ergehen.
Sanft schmiegt euch an, dann küsset euch erst satt.
Und senkrecht muss der Rosenstengel stehen,
Dazwischen gehn darf nicht ein Rosenblatt!«

Als Abdullah die herrlichen Verse vernahm, die seine Sklavin ihm unter Schmeicheln und Streicheln vortrug, rief er getröstet und freudig aus: »Siehst du, ihr Leute aus Chorassan seid gescheit. Allah möge euch alle segnen, und diesem großartigen Dichter Ehli mag er im Paradies einen Vorzugsplatz einräumen, damit er weiter solche Lieder dichten kann. Denn ich habe es Zeit meines Lebens so gehalten. Nur habe ich keinen Wert darauf gelegt, nach welchen Richtungen sie die Beine auseinanderspreizen muss. Einmal bin ich zwar mit ihr wegen der Richtung nach Mekka in Meinungsverschiedenheit geraten. Aber wenn es nach meiner Frau ginge, so würde sie sich schließlich noch eines Nachts auf den Kopf stellen und von mir verlangen, mich auf ihr wie ein Mühlenrad zu drehen.

Und von alle dem andern, was der Dichter so schön darlegt, davon hat meine abgezupfte Krähe keinen Begriff. Dazu fehlt ihr das Verständnis und das poetische Gefühl. Ihr kommt es lediglich darauf an, ein Kind zu kriegen; wie, ist Nebensache, ob mit Versen oder ohne Verse, ob mit Rosenstengel oder ohne Rosenstengel, dies ist ihr gleichgültig, und wenn sie es durch einen Ziegenbock gebären würde, der ihr gleich zwei Hörner hineinstieße, so wäre sie mit ebensolcher Bereitwilligkeit dabei, wie wenn ich mich zum Antritt melde. Darum, mein gutes Mädchen, wenn ich dich nicht hätte, wüsste ich nichts davon, wie es bei den Huris zugeht, die mich im Paradies auf Allahs Geheiß hin - Ehre seinem Namen - erwarten. Aus diesem Grunde habe ich dich lieb, finde Trost bei dir, und ich will dir alle Wünsche erfüllen, wenn mir dies einigermaßen möglich ist.«

Auf diese Worte entgegnete die Sklavin:

»Teuerster Herr und Gebieter, ich bin deine ergebene Sklavin, und wenn ich tue, was ich vermag, um deine Zufriedenheit zu bezwecken, so habe ich keinen Anspruch auf Erfüllung besonderer Wünsche, weil ich ja nur dem Koran gemäß handle. Doch bitte ich dich, mir deine Gunst nicht zu entziehen, wenn ich einiges zu dem Kapitel sage, was dir dein Leben verbittert.

Denn wisse, es erscheint mir doch so, als ob an eurer Kinderlosigkeit nicht dein Weib - das Allah in Gnaden behüten und segnen möge - schuld ist, dass vielmehr der Fehler an dir liegt.«

Bei diesen Worten senkte der Herr schuldbewusst das Haupt. Sie aber fuhr fort: »Ich finde nämlich, dass du in deinen Gaben sehr sparsam bist und nicht dem Weib, das du unter dir hast, vom Guten reichlich abgibst, wie es andere Männer zu tun pflegen...«

Da fuhr plötzlich der Alte wie von einer Schlange gestochen empor und schlug seine Hand so fest in die Hüfte der Sklavin, dass sich im Fleisch die Abdrücke der Finger zeigten. Dabei schrie er mit wutverzerrter Miene: »Wie andere Männer? So lässt du also auch andere Männer außer mir, deinem Herrn, sich zu dir legen, weil du den Unterschied kennst ...«

Die Sklavin wurde von einem tödlichen Schrecken erfasst, als sie begriff, wie sie sich verraten hatte. Doch sie war listig wie ein echtes

Chorassaner Weib, gewann bald ihre Geistesgegenwart wieder und sagte: »O mein gütiger Gebieter, was redest du da. Allah, dessen Name ich stets ehre und dessen Gebote ich treu erfülle, ist mein Zeuge, dass ich mich nie und nimmer einem anderen Manne als dir, der du über mich zu verfügen hast, hingegeben habe, und er soll mich in die ewige Verdammnis schicken, wenn mein Mund eine Lüge ausgesprochen hat. Aber ich bin doch ein Weib und komme mit Frauen zusammen, die Erfahrung haben und daraus auch kein Geheimnis machen. Und von solchen habe ich gehört, dass es Männer gibt, die den Becher so voll einschenken, dass er überfließt, während ich von dir dies nicht sagen kann.«

Und wieder drückte Abdullah sein Gewissen. Er sah sein Unrecht ein, tröstete das Mädchen und versprach ihm ein neues Gewand, worüber es sich sehr freute, sich mit Liebkosungen bei ihm bedankte und dann fortfuhr:

»Nun habe ich viel über deinen Kummer nachgedacht, da er mir zu Herzen geht, und da ist mir ein Mittel eingefallen, dessen ich mich ebenfalls noch aus meiner Kindheit erinnere, weil es oft in meiner Heimat angewandt wurde und stets Erfolg hatte.«

Abdullah horchte auf.

»Welches ist dieses Mittel?« fragte er; dann setzte er hinzu: »Bist du gewillt, es mir mitzuteilen, und sollte es nicht umsonst angewandt sein, so wirst du von mir reichlich belohnt werden.«

»O mein Gebieter, dies will ich gern tun. Und - wenn der Erfolg sichtbar ist - bitte ich mir eine Gnade aus«, antwortete die Sklavin.

»Die Gnade sei dir im voraus gewährt«, gab er zurück. »Doch tu mir den Wunsch kund, damit ich mich zur rechten Zeit seiner erinnere.«

»Ich bitte darum, dass - sollte es ein Erbe werden - du mir die Freiheit schenkst«, sprach die Sklavin. »Wenn aber du mit einem Mädchen beglückt wirst, so bitte ich mir denselben Lohn aus.«

Abdullah hatte neue Zuversicht bekommen, und deshalb sagte er großmütig: »Ich bleibe bei dem Gesagten, und ich schwöre es dir bei Allah und allen seinen Propheten.«

Nun erzählte die Chorassanerin folgendes:

»Es ist nötig, dass ein Extrakt von Knoblauch, Nelken, Pfeffer und einigen anderen seltenen Wurzeln, die man zusammen in verdünntem Wein dick kocht, bereitet wird. Dazu fügt man ein wenig Ambra. Die seltenen Wurzeln will ich wohl aufzutreiben verstehen. Von diesem Auszug nimmst du täglich siebenmal eine Unze. Dabei iss eine Menge Pilaff (*gekochter Reis*), reichlich mit Butter, soviel du nur vermagst. Auch halte dich an einen guten Hammelrücken. Doch trinke nur wenig - bis zum Abendessen, da spare auch nicht mit Wein. Ehe du dann des Nachts zu deinem Weibe gehst, begib dich ins Freie. Dort ziehe deine Hosen herab, setze dich mit dem entblößten Hintern auf einen Stein und lass dir von Händen, die vorher in Rosenwasser gewaschen worden sind, deinen Klopfer mit feinem Öl einreiben. Steht dieser nun trotz des kalten Sitzens so steif von dir ab, dass du auf ihn eine Milchschale stellen kannst, ohne dass er sich senkt, dann spring auf, dreh dich dreimal links und dreimal rechts im Kreise herum und rufe laut:

„Heraus, was tief im Dunkeln hockt. Für Allahs Heil wird hier gebockt. Bist du vertrocknet, alter Wicht? Heraus und tue deine Pflicht!"

Dann laufe eiligst, indem du deine Lanze mit beiden Händen hältst, zu deinem Weibe empor, wirf dich auf sie und tue, was du selbst weißt. Ist dein ungehorsamer Diener aber nicht aus seiner Gleichgültigkeit zu retten oder schrumpft er noch mehr zusammen, dann bist du zu dem Werke noch nicht reif.

Begib dich daher in dein Bett und nicht zu deinem Weibe. Am anderen Tage jedoch unternimm dasselbe, bis es Erfolg hat. Sorge aber dafür, dass keiner deiner Eunuchen um diese Zeit sich im Hause und auf dem Hofe aufhalte. Teile von alledem auch deinem Weibe nichts mit. Nur lege ihr ein Getreidekorn, in Wasser aufgeweicht, in ihre Scheide.«

Als der Alte dies hörte, seufzte er und meinte dann:

»Es ist ein kurioses Mittel, das du mir da vorschlägst. Aber ich will es dennoch versuchen, wer weiß, auf welche Methode meine Frau noch verfällt, die mir härter ankommt auszuführen als dein Rat. Sorge also für das Notwendige zu dieser Kur. Es ist auch besser, dass es deine Hände sind, die in Rosenwasser gewaschen sein müssen. Ich will alles getreu ausführen, damit ein neuer Moslem auf der Erde erscheint. Inschallah.«

»Aber noch eines, mein Gebieter«, fiel die Sklavin ein. »Wie ich erwähnte, gehört auch Ambra dazu. Dieses zu kaufen, dazu bin ich zu arm. Daher bitte ich dich, du wollest mir das Geld für eine halbe Unze Ambra geben.«

»Ich werde dir Geld für eine ganze Unze geben, mein Kind«, sagte Abdullah.

Nun muss erwähnt werden, dass die Sklavin einen Geliebten hatte, der ein Eseltreiber aus Chorassan, ihrer Heimat, war und mit dem sie sehnsüchtig vereinigt zu sein wünschte, ohne das sie doch die geringste Aussicht hatte, frei zu werden. Eine alte Frau, die jeden Tag in das Haus Abdullahs kam, um notwendige Dinge für Küche und Haus zu bringen, sehr listig, in Liebes- und anderen Dingen gewandt und erfahren, brachte es für einige Münzen zustande, dass sie sich mit ihm treffen und erfreuen konnte, ließ sie auch Mittel wissen, die eine Folge ihrer Lust verhinderten.

Zu dieser Alten fasste die Sklavin Vertrauen. Sie tat dieser ihren Wunsch kund und weinte sich oft in ihrem Schoß vor Kummer über die Unmöglichkeit der Erfüllung ihrer Sehnsucht aus. Dabei erzählte sie auch alles, was zwischen ihr und Abdullah Enveri, ihrem Herrn, vorging; wie dieser sie liebte, ihr die intimsten Vorgänge im Verkehr mit seiner Frau verriet und seinem Schmerz über seines Weibes Kinderlosigkeit beklagte.

Da sprach die Alte zur Jungen:

»Deine Sehnsucht ist groß und scheint unerfüllbar, doch kommt dir auf dem Wege, sie zu stillen, mancherlei zugute. Auch ich weiß von Abdullahs und seines Weibes Sorge wegen der Nachkommenschaft. Ich weiß nun ein Mittel, mit dem es möglich ist, den Samen des Mannes und dessen Gier nach einem Weibe zu stärken. Neben Pfeffer, Knoblauch und dergleichen gehören seltene Wurzeln dazu, die ich zu finden vermag, aber auch Ambra, das zu teuer ist, als dass wir es kaufen könnten. Für dieses musst du aber das Geld von deinem Herrn dir geben lassen.«

Dann unterrichtete sie das Mädchen darin, wie es seinem Herrn von dem Rezept Mitteilung machen solle und welche Maßnahmen noch dazu nötig seien.

Die Sklavin braute nun einen Extrakt zusammen, der weiter nichts als eine stark gewürzte, scharfe Flüssigkeit war, die große Esslust und Durst hervorrief.

Abdullah tat peinlich alles das, was ihm seine Dienerin vorschrieb. Die Wirkung zeigte sich auch bald: Er entwickelte einen Heißhunger, der sein Weib in Erstaunen setzte, so dass sie neue Hoffnungen zu hegen begann. Aber der Durst quälte ihn schrecklich. Dennoch wich er nicht von den Vorschriften ab und trank nur sehr wenig. Als aber der Abend gekommen war, da goss er des Weines so viel hinunter, als ob er eine verschluckte Maus ersäufen wollte. Infolgedessen wurde ihm heiß und froh zumute. Dann brachte er ein aufgeweichtes Getreidekorn seinem Weibe und erklärte ihm: »Dieses Korn muss in deinen Garten Eden gelegt werden, damit er fruchtbar werde. Schon in ältesten Zeiten war das Korn ein Zeichen der Fruchtbarkeit.«

Darauf erwiderte seine Gemahlin:

»O mein Geliebter Herr und Gemahl, was sind das für Sachen? Ist es mit dir so weit gekommen, dass du auf solche Hilfe rechnen musst?«

Er aber sprach im Bewusstsein seiner Kraft, die ihm der Magen, voll Reis mit Butter und Hammelbraten, und der süße Wein verliehen:

»Was soll das heißen? Es soll keine Hilfe sein, deren ich bis heute noch nicht bedarf. Es ist gewissermaßen ein heiliges Zeichen, das dem Gärtner zur Belehrung dienen soll. Bis jetzt hattest du jedes Mal eine andere Art, den Zweck der Begattung zu erlangen, und ich tat dies ohne Murren, obwohl ich mir manchmal wie ein Gaukler vorkam. Diesmal bin ich an der Reihe mit Vorschlägen, und ich wünsche, dass du sie akzeptierst.«

Da schwieg das Weib, und da ihm das Gebaren seines Mannes so vorkam, als sei er zwanzig Jahre jünger geworden, legte es sich gottergeben zur Ruh' mit dem Getreidekorn im Heiligtum.

Dann befahl Abdullah allen Bewohnern bei Androhung schwerster Strafe im Übertretungsfalle, nicht die Kammern zu verlassen, nachdem das Abendgebet verricht worden sei.

Die Sklavin hatte sich die Hände in Rosenwasser gewaschen, sie nahm weiter eine kleine Büchse mit feinstem Öl und begab sich mit ihrem Herrn in den Hof. Dort zog sie ihm die Hosen ab, hieß ihn, sich mit entblößtem Hintern auf einen Stein zu setzen, und begann emsig und innig den schwachmütigen aufzurichten, ihn zu streicheln und zu reiben. Aber nicht die leiseste Bewegung zeigte sich und ließ auf eine Stärkung durch die Tröstung schließen. Das Gegenteil war der Fall: Er verlor die Wärme, die ihm innewohnte, wurde immer kleiner, bis er zu einem winzigen Zipfel zusammenschrumpfte, so dass ihn das Mädchen nicht mehr in die Hand nehmen konnte und mit dem Massieren aufhören musste.

Währenddem saß Abdullah, kläglich wie ein Mensch, ehe er gehängt werden soll, auf dem Steine. Der Wein war aus seinem Kopf verdunstet. Der Stein war kalt, so dass ihn arg fror und er alle seine Fortpflanzungsgelüste verlor. Die Haut seines entblößten Hinterns schrumpfte zusammen und wurde rauh wie Schafleder. Dabei kam ihm ein hartnäckiges Niesen an, infolgedessen er vom Steine fiel, ohne dass es seine Sklavin verhindern konnte.

»Oh«, rief der Arme aus, »ich bin auf einen Stein gefallen, der hier umhergelegen hat, und habe mir den Schenkel gequetscht.«

Die Sklavin kam sogleich, um ihn aufzurichten und nach dem Stein zu sehen. »O mein Herr«, sprach sie, »zeige mir den Stein, damit ich ihn fortnehme und aus dem Wege räume, auf dass nicht noch einmal ein Unglück geschieht.«

»Hier, gutes Mädchen, ist der Stein«, entgegnete der Herr, nahm ihre Hand, um sie zu dem Steine zu führen, weil sie im Dunkeln nicht sehen konnte. Doch die Chorassanerin sprach lachend:

»O gnädiger Gebieter, du täuschest dich. Das, was du für einen Stein hältst, ist nichts anderes als dein Beutel, den dir Allah in seiner Güte zum Auszahlen erblicher Verpflichtungen angehängt hat und der wahrlich hart wie eine Eisenkugel geworden ist.«

Nachdem sie Abdullah aufgerichtet und ihm wieder die Hosen übergezogen hatte, richtete er an sie die Frage: »Hast du denn auch die richtigen Kräuter und Wurzeln gefunden, die du zum Brauen des Zaubermittels benötigst?«

»Ja, teurer Gebieter, ich habe alle erhalten.«

Zitternd am ganzen Leib und mit laut klappernden Zähnen bereute er: »Dein Mittel scheint nicht das rechte zu sein. Denn anstatt mich als ein junger Stier zu fühlen, dem kein Loch hoch genug ist, als dass er es nicht erspringen könnte, ist mir kläglicher als einem alten Eselhengst zumute, der nicht mehr weiß, ob er mit oder ohne Ampel zur Welt gekommen ist. Augenblicklich halte ich die Weiber für die größte Nebensache von der Welt. Und nicht sämtliche Huris des Paradieses könnten mich vom Gegenteil überzeugen. Mein einziges Verlangen ist ein warmes Bett.«

Seine Sklavin tröstete ihn, so gut sie es vermochte: »O mein teurer Gebieter, lass dich nicht von diesem Misserfolg abschrecken. An dem Mittel liegt es nicht; es ist gut und wird dich schon zum Ziele führen. Allah macht es dem Menschen nicht immer leicht, und dennoch soll man seine Gebote halten und seine Güte rühmen. Für heute müssen wir aufhören. Morgen wollen wir von Neuem beginnen. Lege dich jetzt zu Bett, ich will dich gut zudecken. Doch merke dir: Bevor das Experiment nicht geglückt ist, darfst du dich nicht zu deinem Weibe legen.«

Da aus Abdullah jegliche Wärme des Blutes geflohen war, verbrachte er die Nacht bei seiner Sklavin und wärmte sich an ihrem heißen Leib, in dem das junge Blut von den Füßen zu den Brüsten pulsierte wie der Saft in der Rebe von den Wurzeln bis in die Trauben.

Am anderen Tag war Abdullah krank. Er hatte Fieber, sein Kopf brannte entsetzlich, und es war ihm zum Sterben übel, weil er tags zuvor seinen Magen überlastet hatte. Deshalb wollte er zu einem Arzte schicken, damit dieser ihm helfen solle. Doch die Chorassaner Sklavin riet ihm davon ab, weil sie fürchtete, er könne alles ausplaudern, wodurch ihr Plan zuschanden würde. Da sich die Alte auch auf Herstellung von Heilmitteln verstand, so veranlasste sie das Mädchen, ihm einen Tee zu bereiten, der ihm Erleichterung und Besserung brachte. Dass ihr Herr der Kur gegenüber so wenig empfänglich war, hatte sie nicht geglaubt. Daher fürchtete sie, ihr Plan könnte missglücken.

Als Abdullahs Gemahlin ihn so elend liegen sah, während sie ihn am Tage vorher in Kraft strotzend erblickt hatte, fragte sie ihn:

»O mein herzallerliebster Gemahl, was ist mit dir geschehen?

Nachdem ich die ganze Nacht hindurch vergeblich auf den Gärtner gewartet und das Korn seine Weisheit nicht anbringen konnte, finde ich dich wie einen Halbtoten hier liegen.«

Diese Worte ärgerten ihn, und er fuhr sie hart an:

»O Weib, mit der Fruchtbarkeit deines Gehirnes ist es wie mit der Fruchtbarkeit deines Leibes bestellt. Meinst du, meine Mittel sind nur dumme Launen wie deine Methoden, von denen du gegen hundert angewandt hast, ganz zwecklos. Wie magst du jetzt umherlaufen, da du doch ein geheiligtes Korn bei dir trägst. Ich fürchte, es wird aus der Falte gleiten, und damit sind alle meine Mühen umsonst gewesen. Geh also schleunigst zu deinem Lager zurück und erwarte meine weiteren Maßnahmen, die mein wie dein Verlangen nach einem Erben stillen werden. Inschallah!«

»Ich gehorche, mein teurer Gatte«, entgegnete sie. »Möge Allah in seiner unermesslichen Güte dich davor bewahren, dass sich deine Augen trüben, damit du nicht in den Wahn verfällst, einen verrosteten Nagel für einen Wurfspieß zu halten; du könntest sonst in Versuchung geraten, auf die Bärenjagd zu gehen, von der nichts weiter als dein Nagel zurückgebracht werden würde, weil ihn selbst eine Hyäne verschmäht.«

Natürlich war die nächtliche Komödie den Bediensteten und Frauen des Hauses nicht entgangen. Denn Abdullah war nicht leise gewesen und hatte den Schmerz auf seinem verfrorenen Hintern nicht unterdrücken können. Da sie aber keiner hatte beobachten können, infolgedessen niemandem ihre Bedeutung klar war, stellte eines dem andern flüsternd Fragen, und allerlei Gerüchte tauchten auf. Zuletzt glaubte jeder, dass der Hausherr Zauberei treibe. Diese Gerüchte kamen auch zu der Alten, die aber entgegnete:

»Wie könnt ihr glauben, unser Herr triebe gottlose Zauberei? Er ist ein gläubiger Moslem, der Allah ehrt und seinen Geboten nicht zuwider handelt. Ich weiß wohl, was er treibt. Ich will es euch mitteilen, wenn ihr mir schwört, niemandem es zu erzählen, weil der König es selbst angeordnet hat, zu dessen Vertrauten und Freunden ja Abdullah Enveri zählt.«

Und da sie bei Allah und allen seinen Propheten schwuren, fuhr sie fort:

»Wisset, unser Herr ist von einem argen Leiden befallen. Dies äußert sich darin, dass sich seine Glieder zusammenziehen und schließlich, -wenn diese Krankheit überhand nimmt- in seinem Leibe verschwinden. Nun hat der Leibarzt des Königs ihm eine Kur verschrieben, die er des Nachts im Freien unter vorgeschriebenen Gebeten und Anrufen Allahs ausführen muss, wobei aber keiner zugegen sein oder auch nur zuschauen darf.«

Die Alte hatte dies alles nur erzählt, um die Neugier der anderen zu dämpfen und zu verhindern, dass auch Abdullahs Weib die Gerüchte zu Ohren kämen. Auch sagte sie sich, das Gerücht von der Zauberei könne verbreitet werden und schließlich bis zum König dringen, wodurch ihrem Herrn böses Unheil widerfahren könnte.

Abdullah lag noch einige Tage krank, und nach und nach erholte er

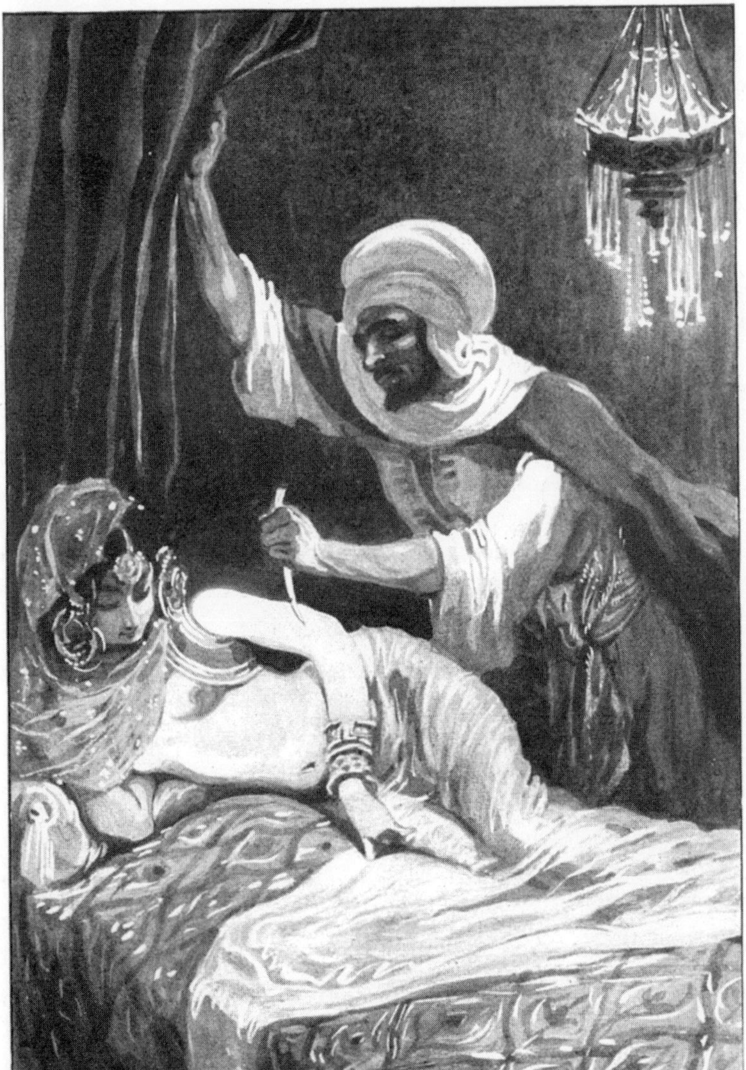

sich wieder. Als er dann so weit hergestellt war, dass er mit seiner Sklavin wieder zu spielen begann, drang diese in ihn, die Kur zu erneuern.

Dazu war er nicht leicht zu bewegen. Er bequemte sich schließlich doch noch dazu, umso mehr, als sein Weib, bei dem er sich einige Tage nicht hatte blicken lassen, ihn zu sich holen ließ, und geklagt hatte: »Was bedeutet dies alles, o mein liebster Gemahl? Ich liege hier, wage mich kaum zu bewegen und verdiente, doch etwas anderes in das Täschchen gesteckt zu erhalten als ein einziges Getreidekorn, aus dem wahrlich ein armseliges Wesen entstehen mag. Was wolltest du sagen, würde man dir in deinen Beutel anstatt der Nüsse zwei Flöhe stecken?«

»O Weib«, gab darauf Abdullah zurück. »Das wäre wohl nicht das schlimmste. Ich müsste zwar peinlich auf der Hut sein, dass mir nicht die ganze Bescherung davonspringen würde, um in sämtlichen Harems der Stadt Besuche abzustatten, aber es wäre mir immerhin leichter, die brütende Henne vom Neste aufzuscheuchen.« Dann setzte er in Würde hinzu: »Also fasse dich in Geduld. Zweifle nicht an Allahs Allmacht. Es muss alles mit Bedacht ausgeführt werden, sonst hat es gar keinen Sinn, überhaupt zu beginnen. Dein Glück soll dir noch beschieden sein. Inschallah!«

Von neuem nahm er also siebenmal am Tag je eine halbe Unze der Mixtur ein, die ihm die Chorassanerin braute. Sein Appetit meldete sich, er verschlang wieder erstaunliche Mengen Pilaff in Butter mit Hammelrücken und Hammelkeule. Am Abend goss er einige Krüge Wein hinunter. Er erließ erneut das Verbot, dass sich niemand im Hause und im Hofe nach dem Abendgebet aufhalten dürfe. Darauf erschien die Sklavin mit Händen, gewaschen in Rosenwasser, und einer Büchse feinsten Öles, und die Prozedur begann von vorn.

Die Sklavin gab sich die erdenklichste Mühe, den Helden zum Angriff anzufeuern. Sie streichelte, zupfte und knetete ihn, nannte ihn bei den lieblichsten Namen; sie drückte und klopfte ihn und belegte ihn mit den schimpflichsten Titeln - aber es war, als ob dieser verstockte Kerl kein Persisch verstünde: Er nahm von alledem keine Notiz, wurde misslaunisch, schrumpfte zusammen und zog sich in seiner Höhle zurück, so dass sie ihn kaum zu fassen vermochte.

Währenddem geschah mit Abdullah etwas ganz Sonderbares. Mit den besten Vorsätzen und beseelt von dem Mut eines Hahnes, hatte er sich die Hosen abziehen lassen und auf den Stein gesetzt. Doch auch jetzt vertrieb die Kühle des Sitzens bald alle jugendlichen Lebensäußerungen aus seinem Körper; nur setzte die Tücke seines Schicksals diesmal nicht eben mit Niesen ein, vielmehr begann der untere Teil zu rumoren, gab sausende Geräusche von sich, plustete, bumste, und ein Geruch machte sich bemerkbar, der sich dem Rosenwasser auf der Sklavin Hände und dem feinen Öle auf dem Rosenstiel feindlich entgegenstellte; dazu begann auch vorn der Lümmel gegen seine Aufreizung zu protestieren: Er blähte sich auf und spie dem Mädchen entgegen, so dass diese schreiend emporfuhr. Und als plötzlich das Unwetter mit Macht hereinbrach, da sprang Abdullah auf die Füße, ließ seine Hosen im Stich und suchte Rettung im Abort, wobei er rief:

»Es ist Allahs Wille. Sein Name sei gelobt!«

Als nun das Kind aus dem Lande Chorassan wieder die Erfolglosigkeit der Kur sah, da ward es traurig, weil es meinte, dass es vergebliches Bemühen sei, seinem Herrn die Zeugungskraft beizubringen, und es somit keine Aussicht habe, die Freiheit zu erlangen, um sich mit seinem Geliebten, dem Chorssaner Eseltreiber, vereinigen zu können. Es blieb auf seinen Knien ruhen und seufzte:

»Allah hat seine Gnade von mir genommen. Es ist Schicksalsbeschluss, dass mir anstatt zehn Lasten Gerste unter mein Dach eine Last gedroschener Halme gebracht wird, die noch dazu die Sperlinge ausgepickt haben. Da ich aber eine gläubige Moslime bin, will ich mich fügen.«

Die Sklavin hätte vor Schmerz wohl bis zum Morgen in derselben Stellung verharrt, wenn sie sich nicht mancherlei des Geschehens ins Gedächtnis zurückgerufen hätte. Sie erhob sich also, schaute nach ihrem Herrn und brachte ihn ins Bett, nachdem er ein Bad genommen hatte.

Natürlich war es seiner Gattin hinterbracht worden, dass er öfter des Nachts auf dem Hofe irgendetwas anstelle, weil er ein Leiden vertreiben wolle. Am Morgen nach der zweiten Prozedur wurde von den Hauseunuchen die Hose des Herrn gefunden, die dieser liegengelassen und die auch die Sklavin vergessen hatte, worüber der Frau ebenfalls berichtet wurde, und ihre Neugier zu wissen, wie es mit ihres

Mannes nächtlichem Treiben beschaffen sei, wurde aufs höchste getrieben. Dazu kam, dass sie seit mehreren Tagen mit dem Getreidekorn in ihrer Schatulle ihr Lager kaum verlassen und vergeblich auf ihren Gatten gewartet hatte.

Sie ging also zu ihm und sprach:

»O mein Herr und Gemahl, es geschehen im Hause Dinge, die an Zauberei grenzen, und ich habe gehört, dass du von einem Leiden geplagt würdest, das du auf den Rat des Leibmedikus unseres Königs des Nachts auf dem Hofe vertreiben sollst, wobei es nötig wäre, dem Teufel als Opfergabe eine Hose zu überlassen.«

Über diese Worte erzürnte Abdullah wiederum, und er rief ihr von seinem Bett aus zu:

»Weib, habe ich dir nicht schon einmal gesagt, du mögest dich in Geduld fassen?«

Darauf erwiderte sie unwillig:

»Du hast gut reden. Mit jedem Tag führt uns Allah dem Grabe näher. Jeder Tag ist Versäumnis, das nicht nachgeholt werden kann. Und ein Nachkomme und Erbe hat sich noch nicht eingestellt. Ich gehorche dir und warte willig, und dabei wird in mir etwas lebendig, wohl das Korn im Garten Eden, und wartet auf den Gärtner, damit er pflüge, dünge und gieße.«

Darauf entgegnete der Herr in Güte:

»O Weib, mich quält nicht weniger das Verlangen nach einem Sohn. Aber höre zu: Ich mache eine Kur durch, die von mir wahrlich erstaunliche Ausdauer, Geduld und Gottvertrauen erfordert, sicher aber uns zum Ziele führen wird. Wir wollen dann, sobald die Zeit gekommen ist - und sie ist nicht mehr fern - von neuem eine Attacke reiten, und sollte auch mein Mittel, das mir Allah nicht im Schlaf, sondern bei Verstand eingegeben hat, nichts fruchten, dann magst du das Messer nehmen und mir das Ding da vorn abschneiden und den wilden Tieren hinwerfen. Inschallah!«

»O mein liebster Gemahl«, war ihre Antwort. »Du weißt, dass ein Affe eine hohle Nuss noch nicht einmal aufknackt. Aber ich will dir gehorchen in allen Stücken und mich weiter in Geduld fassen.«

Über die Sklavin aus Chorassan war die Schwermut gekommen, und alle Hoffnung auf Erfüllung ihres Wunsches war gewichen. Und sie weinte sehr. Als nun die Alte wieder einmal ins Haus kam und Gelegenheit fand, mit ihr unter vier Augen zu sprechen, tröstete sie das Mädchen mit folgenden Worten:

»Weine nicht, meine Tochter. Auch morgen wird - wie jeden Tag - der Alleinige Gott die Sonne aufgehen lassen. Dein Herr Abdullah Enveri ist eben schon zu arg verbraucht, und sein Quell ist versiegt. Aber ich will dir noch ein weiteres Mittel geben, das dort angewandt wird, wo jedes andere versagt.«

Doch die Traurige entgegnete:

»O meine Mutter, ich fürchte, Herr Abdullah wird sich zu einer neuen Tour nicht mehr bereden lassen; denn schon das zweite Mal hatte ich es nicht leicht, ihn davon zu überzeugen, dass es notwendig sei, die Kur zu erneuern. Und nun gar ein drittes Mal ihn dazu bewegen - das halte ich für sehr schwer, und sollte es doch möglich sein, so fürchte ich seinen Zorn, wenn zum dritten Mal die Behandlung versagt, und wenn ich in Ungnade bei ihm falle, ist es für mich nur um so ungünstiger.«

Aber die Alte redete freundlich auf sie ein und setzte schließlich hinzu:

»Man soll sich dem Schicksal fügen - Maschallah - in Gottes Namen. Aber die Ratschlüsse und Wege Allahs sind unergründlich. Das soll man nie vergessen. Morgen werde ich dir noch etwas geben, das du dem Kräuterextrakt beifügst. Nimm davon eine starke Dosis. Es stammt aus Arabien, wo man es dazu gebraucht, die Kamelhengste zum Decken der Zuchtstuten anzufeuern. Dieses Mittel wird wohl nicht fehlschlagen, und sollte wider Erwarten Allah seine Hilfe zum Gelingen unseres Planes versagen, auch dann fasse dich noch in Geduld - ich kenne auch einen anderen Ausweg, damit du zu deinem Geliebten hinaus- und dein Geliebter zu dir hineingelangt.«

Dem Mädchen aus Chorassan ward ein wenig leichter ums Herz.

»Ich will dir vertrauen und die Hoffnung nicht sinken lassen. Bringe mir dies Mittel. Du triffst mich morgen allein in der hinteren Kammer an, wo ich einen beschädigten Teppich knüpfe. Allah mag dir deine Fürsorge um mich vergelten!«

Am anderen Tage brachte die Alte das arabische Brunstpulver für

Kamelzuchthengste, und die Sklavin fügte anstatt Ambra ein wenig bestes Rosenöl bei, damit Abdullah eine Abwechslung im Geschmack haben solle, um das Zeug leichter einzunehmen. Von dem Brunstpulver setzte sie bei einer Unze zu.

Abdullah war nach einigen Tagen wieder auf den Beinen, doch lief er in Gedanken versunken umher. Er hatte seinem Weibe gegenüber so große Töne angeschlagen, und dabei wusste er doch nicht, wie er sein Versprechen einlösen konnte, so dass seine Manneswürde in Gefahr kam, beseitigt zu werden, was sicher auch nicht schmerzlos abgehen würde. Dabei dachte er bei sich: Da redet man immer davon, den Garten zu bebauen. Wenn es das noch wäre! Fehlt der Samen, so kauft man ihn sich; ist die Hacke nicht imstande, so leiht man sich vom Nachbar eine andere. Aber bei dieser menschlichen Gärtnerei ist man traurig daran, weil man sich nichts, was dazu nötig ist, borgen kann.

Überdies plagte es ihn, dass er so lange Zeit nicht beim König erschienen war, und er fürchtete, seine Freundschaft zu verlieren und seinen Hass auf sich zu ziehen, und damit kam er auch noch in Gefahr, sein Vermögen einzubüßen.

Obwohl er nun gar nicht von den Prozeduren seiner geliebten Sklavin erbaut war, ließen seine Sorgen in ihm keinen Zorn über das Misslingen keimen. Vielmehr trieb es ihn wieder zu ihr hin.

So begab er sich zu ihr, die ihm ehrerbietig entgegenkam, ihm die Hand küsste und sagte, wobei sie ein heiteres Angesicht zeigte: »Alhamdulallah - gelobt sei Gott - dass ich dich, o mein gnädiger Gebieter, so gesund und kräftig sehe.«

Er erwiderte:

»O mein Kind, wolle Allah verhüten, dass sich deine Augen trüben; denn ich kann nicht begreifen, wie ich kräftig ausschauen kann, da ich mich während der letzten Tage schwächer als ein Kind gefühlt habe. Denn anstatt dass das Begehren nach einem Weibe bei mir infolge deiner Mittel und Hantierungen sich gesteigert hätte, ist es mir völlig ausgegangen. Es ist wohl schon über eine Woche her, seitdem ich nicht bei meinem Weibe lag, desgleichen auch mit dir keine Freude teilte, und nun liegt meine Eule steif wie ein Stock mit dem Korn in dem Loch auf dem Kissen, als ob der Erbe bereits im Anzug wäre. Dabei muss ich fürchten, dass es mir übel ergeht, denn ich habe ihr bei Allah und seinen Propheten geschworen, dass sie mir die Troddel wegschneiden darf, wenn mein Mittel, auf das ich mich - wie ich sie habe wissen lassen - vorbereitete, seinen Zweck verfehlt.«

Da begann die Sklavin bitterlich zu weinen. Er aber fragte sie: »Warum weinest du?«

Und sie gab unter Schluchzen zur Antwort:

»O mein gnädiger Herr. Dein Unglück ist mir nahegegangen, und die Fehlschläge, die wir mit dem Mittel gehabt haben, machen mir mein Herz noch schwerer. Doch wisse - Allah ist mein Zeuge, und sein Fluch treffe mich, wenn mein Mund eine Lüge ausspricht —, ich bin deine ergebene Sklavin, stets bedacht auf dein Glück und Wohlbefinden. Dazu hast du mir als Lohn für meine Hilfe, wenn sie von Erfolg gekrönt sein wird, versprochen, mich freizulassen, damit ich gehe, wohin ich mag.«

»Das ist wahrhaftig wahr, und meine Worte sind gesagt«, unterbrach er sie. »Allah möge mich strafen, wenn mein Mund eine Lüge ausgesprochen hat.«

Sie aber fuhr fort: »Wie sollte ich also nicht alles tun, ohne Falsch und mit reinem Herzen, um dir zum Ziel zu verhelfen, da ich ja dann auch das meinige erreiche!«

Und sie schluchzte laut auf.

Der Herr aber liebkoste ihr Angesicht und sprach zu ihr gütig:

»O mein Kind, ich weiß, dass dein Herz rein und mir gegenüber ohne Falsch ist. Wenn es anders kam, als es dein Wille und mein Wunsch gewesen, so muss man den Grund dafür im Buche des Schicksals suchen. Weine nicht und sei frohen Mutes. Damit du siehst, dass du mir jetzt genau noch soviel wert bist wie ehedem, ja noch weit mehr wert, so will ich dir ein neues, kostbares Kleid schenken.«

Da verflog mit einem Male alle Traurigkeit aus der Seele des Mädchens, und es rief voll Entzücken aus:

»Allahs Lohn für alle deine Güte, o mein edler und freigebiger Herr. Nun sind es bereits zwei Gewänder, die ich von dir zu erhalten habe, da du mir vor einigen Tagen eines versprachest, als du mich zu

Unrecht gescholten hattest, in dessen Besitz ich jedoch bis heute noch nicht gelangt bin. Wie glücklich wollte ich sein, wenn ich alle drei Geschenke zusammen auf einmal empfinge!«

»Du sollst sogleich ein viertes noch bekommen«, fiel Abdullah lachend ein; denn in der Gegenwart seiner schönen Sklavin war die ganze Last des Kummers von ihm gewichen, so dass es ihn dazu trieb, die Schnur der Hose des Mädchens aufzubinden und die Hülle über die schweren Schenkel herabzuziehen, um prüfen zu können, ob die Maße von Riegel und Tor noch stimmten, dieweil der Pförtner eine kritische Miene aufsetzte und in militärischer Haltung salutierte.

»O mein gütiger Gebieter, spare dir die Ausgaben«, wehrte sie flehend ab. »Eben noch klagtest du von deinem Unvermögen, und nun ist das beste Zeichen dafür da, dass unsere Bemühungen doch nicht umsonst gewesen sind. Du weißt, wie mich das geringste erfreut, was du mir zu eigen machst, da es mir, deiner ergebenen Sklavin, ein Beweis deiner Gnade ist; wie viel mehr würde mich dieses Geschenk erfreuen, mit dem du mir sooft aufgewartet hast und das jedes Mal neues Entzücken in mir hervorrief. Aber bedenke, dass du peinlich haushalten musst.«

Und damit bog sie sanft den Stengel zur Seite, zog ihre Hose wieder hoch, machte ihre Brüste frei, um sie ihm als Kissen zu bieten, und begann sogleich wegen einer dritten Kur auf ihn einzureden, weil sie als listiges Weib erkannte, dass seine Gemütsverfassung ihr dazu die Gelegenheit bot, leichter, als sie zu hoffen gewagt hatte. Sanft, schmeichelnd und ernst zugleich redete sie flüsternd auf ihn ein, und auf diese Weise dämpfte sie seinen Drang und machte in seinem Kopf Platz für Gedanken, die sich mit dem schlimmsten Kapitel seines Lebens befassten.

Abdullah horchte auf, schwieg nachdenklich, als die Erzählerin schwieg, und nach einer Weile sprach er demütig und nicht in dem Tone, den er seinem Weibe gegenüber anschlug:

»Es wäre schon alles gut, wenn nur das Zeug nicht einen so elenden Geschmack hätte. Anfangs ging es wohl, doch jetzt kann ich es nicht riechen, und es wird mir schon übel, wenn ich bloß daran denke.«

»O mein Gebieter«, fiel da die Sklavin hastig ein; denn sie sah, dass sich ihre Worte bei ihm verfingen. »Ich habe mich noch eines neuen

Mittels erinnert, das in meiner Heimat Chorassan angewandt wird und das einen angenehmen Geschmack hat.«

Sie entfernte sich, holte den Kräuterauszug aus dem Winkel hervor, in dem sie ihn verborgen hatte, und ließ ihn kosten.

Er schnalzte mit der Zunge, rieb die Kostprobe mit der Zungenspitze am Gaumen und sprach:

»Du hast wahr gesprochen: Der Geschmack ist besser. Gut, ich will mich noch einmal deiner Behandlung unterziehen. Vielleicht wollte es gerade das Schicksal, dass es dreimal geschieht. Aber es ist wohl besser, ich lasse diesmal gleich die Hose oben und gehe ohne diese in den Hof hinüber, damit wir sie nicht wieder, wie das letzte Mal, liegenlassen.«

Am nächsten Tage nahm also Abdullah siebenmal je eine halbe Unze von diesem Zeug ein. Es meldete sich bei ihm wiederum eine Essbegierde ohnegleichen, die er mit kräftigen Speisen stillte. Dabei aber merkte er bereits am Tage, wie sein Vogel Flugversuche unternahm. Mehrmals lief er zu dem Chorassaner Mädchen und sagte:

»O mein Kind, möge Allah es bald Nacht werden lassen. Ich fürchte, er fliegt mir davon; dann habe ich das Nachsehen, und mein Weib wird vor Ärger ins Grab fahren, weil es von dem Wahn besessen sein wird, die Wette gewonnen zu haben und um den Schnitt gekommen zu sein.«

Aber die Sklavin, die im Herzen fröhlich war, weil sie die Anzeichen sah, dass diesmal alles gut ausgehen würde, beschwichtigte ihn und warnte ihn immer wieder, nicht von der Vorschrift abzuweichen, vielleicht gar früher, als es dem Vorsatz entsprach, zu seinem Weibe zu gehen, um nicht wieder den Erfolg in Frage zu stellen.

Der Abend kam heran, und Abdullah stillte mit Wein so gehörig seinen Durst, dass er hin und her schwankte. Dann teilte er den Befehl aus, dass sich des Nachts niemand blicken lassen dürfe, und als es endlich ganz dunkel geworden war, begab er sich mit seiner Sklavin, diesmal ohne Hose, in den Hof.

Während der Tage, seitdem man im Hofe die Hose gefunden hatte, war Abdullahs Frau übel von der Neugier zugesetzt worden. Ihre Dienerinnen hatten ihr alles mitgeteilt, was man sich im Hause erzählte. Besonders die Nachricht, dass die Chorassanerin dabei mit im Spiele war, brachte sie in Unruhe. Als sie nun vernahm, dass ihr Gatte wieder das Verbot erlassen hatte, wonach sich in dieser Nacht keiner im Hause zeigen durfte, da entwarf sie einen Plan, den sie ihrer Dienerin mitteilte. Sie wollte mit dieser heimlich den Vorgang vom Erker aus belauschen und in einem Augenblick, den sie für günstig hielt, den Hof mit Lampen und Laternen erleuchten, um hinter das geheimnisvolle Treiben der beiden zu kommen.

An diesem Abend war Abdullah so unruhig wie ein Füllen. Er hob sein Hemd empor, setzte sich wieder auf den Stein, und seine Sklavin, die wiederum ihre Hände in Rosenwasser getaucht und das feine Öl nicht vergessen hatte, begann die übliche Massage.

Der Stein war kälter als in den Tagen zuvor, denn es war im Herbst und ging dem Winter zu, und die Nacht war kühl. Dennoch glühte er vor innerer Hitze oben sowohl wie unten und fühlte sich so launig, dass er ein Lied vor sich hin knurrte.

Kaum hatte die Sklavin ihre Tätigkeit begonnen, da straffte sich auch schon der Schlauch, und nach einigen Liebkosungen stand er von seinem Haltepunkt in waagerechter Richtung so steif ab, dass nicht allein eine Milchschale, sondern sogar eine Esellast ihn nicht niedergedrückt hätte. Und als nun das Mädchen aus dem Lande Chorassan den Zeitpunkt für gekommen hielt, rief es ihm zu:

»Jetzt ist es Zeit, spring auf, tanze und sing den Vers und eil zu deinem Weib.«

Abdullah sprang auf. Doch den Vers hatte er längst wieder vergessen, weil er ihn seit dem ersten Tage nicht wiederholt hatte. So tanzte er denn wie ein Bessener im Kreise herum, wobei es noch heißer in seinem Kopf wurde, weil das arabische Kamelbrunstpulver in seinem Blut zu gären begann und ihn zu einem brünstigen Kamelhengst machte. Und da ihm auch gar nichts von dem einfiel, was er singen sollte, so nahm er seine Lanze in beide Hände und stieß wie ein Wilder den Schlachtruf aus:

»Allahu - äkbär - Allahu - äkbär - Allah ist groß - Allah ist groß!«

Und ehe die Sklavin, die sich ihm aus dem Weg drückte, da sie meinte, ihren Dienst erfüllt zu haben, es sich versah, stürzte er sich auf sie, warf sie zu Boden, so dass ihre Hinterbacken klatschend auf die Steine schlugen, riss ihr die Hose vom Leibe und rammte ihr die Waffe ein, wobei er andauernd schrie:

»Allahu - äkbär - heraus du Kahlkopf - Allahu - äkbär - Zögere nicht, Kahlkopf- du wirst dich ausbluten müssen - Allahu äkbär!«

Bei diesem Ausbruch rief nun Abdullahs Weib, das mit der Dienerin gelauscht, aber fast nichts gesehen hatte:

»Herbei mit Licht und Lampen!«

Bald war der Hof erleuchtet, und man erblickte den Herrn ohne Hosen und Sattel, wie er auf einem gestürzten Ross eine Attacke ritt.

»O mein Gemahl«, rief die Frau. »Du hast eine sonderbare Art, dich zur Zeugung eines Erben in meinem Leibe vorzubereiten. Schämst du dich nicht, dies des Nachts wie die Hunde mit dieser Metze im Freien zu tun, anstatt wenigstens in das Haus zu gehen, wo dir genügend Kammern zur Verfügung stehen!«

Aber Abdullah hörte nicht, sein Schlachtruf übertönte jedes ihrer Worte, und die Vorstellung war so drollig anzuschauen, dass niemand von den Eunuchen und Dienerinnen sich zu lachen fürchtete. Sobald nun das Kamelbrunstpulver aus dem Körper geflossen war und Abdullah seine Lust befriedigt hatte, verstummte er plötzlich und fiel in Ohnmacht. Auch die Sklavin war von dem Schreck und Schmerz, der ihr durch den Sturz zugefügt worden war, in Ohnmacht gefallen. So lagen denn die beiden wie tot auf dem Erdboden, wobei er mit aufgedecktem Hintern blind nach Mekka zuschaute.

Man brachte Abdullah ins Bad, rieb ihn mit Rosenwasser ein, und nachdem er aus seiner Ohnmacht aufgewacht war, versank er bald in einen tiefen Schlaf, der zwei Tage lang anhielt.

Auf die Chorassanerin ging aber das Weib Abdullahs zu; diese trat vor ihre Konkurrenz, belegte sie mit gemeinen Schimpfworten und hieß sie, ohne dass sie zu sich kam, in einen leeren, fensterlosen Keller schleppen.

Als die Sklavin aus ihrer Ohnmacht erwachte, lag sie in einem schmutzigen, finsteren Raum. Ihre Kleider waren zerrissen und mit Blut befleckt, ihr Körper schmerzte, und sie wurde tief traurig, als sie sich der Vorfälle erinnerte. Sie betete zu Allah und seufzte:

»Allah hat seine Gnade von mir genommen. Schmerz und Gram werden mich töten, und ich werde meinen Wunsch, mit meinem Geliebten mich vereint zu wissen, nicht erfüllt sehen. Aber ich will mich in mein Schicksal als eine gläubige Moslime ergeben. Alhamdulellah - Gottes Namen sei gelobt.«

Dabei klagte und rief sie in ihrem Schmerz so laut, dass man es im ganzen Hause vernahm, doch keiner achtete darauf, weil Abdullahs Weib verboten hatte, sie weder aus dem Verschlag zu lassen noch ihr etwas zu essen und zu trinken zu geben.

Inzwischen hatte die Alte, als sie am anderen Tag ins Haus kam, von den Ereignissen, von dem Fehlgriff Abdullahs, von dem Zorn seines Weibes und von den Drangsalen der Chorassanerin gehört.

Sie ging den Jammerlauten nach und kam an die verschlossene Tür des Verschlages. Sie klopfte an und rief: »Weine nicht, o mein Kind, ich werde dir - so Allah will - helfen.« »Wer ist dort draußen und redet so sanft zu mir?« fragte die Gefangene. »Bist du es, o meine Mutter?«

»Ich bin es, liebes Kind«, gab die Frau zurück. »Klage nicht mehr und beruhige dich, ich will sofort alles unternehmen, damit du vor deiner Herrin wieder Gnade findest.«

Aber die Unglückliche entgegnete untröstlich:

»Ach, meine Mutter, dein Bemühen wird vergeblich sein. Allah hat beschlossen, mich zu vernichten, und ich mache mich auf meinen Tod bereit. Warum musste ich auch so große Wünsche in mir hegen! Nun sind sie mir anstatt zu meinem Heil zu meinem Unheil geworden. Lebe wohl, meine gute Mutter, und grüße meinen Geliebten. Sage ihm, dass ich bis zum letzten Augenblick seiner gedacht habe und mit dem Gedanken an ihn auch sterben werde.«

Die Alte redete der Jungen noch einmal zu, auszuharren und sich von der Traurigkeit nicht unterkriegen zu lassen, und ging dann fort, um bei Abdullah Enveri Fürsprache für die Misshandelte einzulegen.

Nachdem der Herr aus seinem dem Tod gleichen Schlummer erwacht war, dachte er über das Vorgefallene nach, konnte aber keinen klaren Gedanken fassen. Er hatte unter der Wirkung des Kamelbrunstpulvers und des Weines gehandelt, wodurch sein Gedächtnis und sein Bewusstsein gelitten hatten. Er fühlte nur, dass etwas sich abgespielt haben musste, was ihm nicht angenehm sein konnte. Als nun seinem Weibe gemeldet wurde, dass er aus seinem Schlummer erwacht sei und zu essen und zu trinken begehre, begab sie sich zu ihm und fragte ihn:

»O mein lieber Gemahl, wie fühlst du dich nach der geschlagenen Schlacht?«

Er antwortete: »Ich fühle mich ganz wohl. Aber was meinst du mit deinen Worten? Erkläre dich näher.«

Und sie begann:

»Nun, vor zwei Tagen - so lange hast du geschlafen - brachtest du das Haus des Nachts mit deinem Kriegsgeschrei in Aufregung. Und als ich von den Dienstleuten den Hof erleuchten ließ, da schlugst du auf dem Erdboden eine wilde Schlacht, schriest Allahu - äkbär, und schicktest deinen Kahlkopf vor die Front, damit er eine Palisade nehme, worauf er arg in des Feindes Falle ging und sich verblutete. Du aber bliebst ohnmächtig liegen, mit weggeschnittener Nase und ausgestochenen Augen, ein Anblick, den mir dein entblößter Hintern vortäuschte, und zitternd vor Sorge um dich ließ ich dich zuerst ins Bad und dann rasch in dein Bett bringen.«

Abdullah antwortete nichts. Er konnte noch immer nicht seine Gedanken ordnen. Als aber sein Weib plötzlich in wütendes Schimpfen auf die Chorassaner Sklavin ausbrach und hervorstieß:

»Ich schwöre es bei Allah und allen seinen Propheten, dass ich sie nicht wieder aus dem Loche lasse, in das ich sie gesteckt habe, dass ich ihr die Augen auskratzen werde, dieser Vettel, dieser gerupften Henne, dieser Kröte, wenn du sie nicht aus dem Hause bringst, sie verkaufst oder gegen eine andere eintauschest.«

Und im Abgehen rief sie noch zurück:

»Denke auch an deinen Schwur!«

Da dämmerte es in seinem Hirn, und er konnte sich wieder an Einzelheiten erinnern, aus denen er den Schluss zu ziehen vermochte, dass zum dritten Mal die Kur mit einem Misserfolg geendet hatte.

Der vertrauten Alten der jungen, unglücklichen Sklavin gelang es nach einigen vergeblichen Versuchen, mit dem Hausherrn im verborgenen zu reden und ihm vorzuhalten:

»Ehrwürdiger Gebieter Abdullah Enveri, der von Gott Gesegnete, vom König Begünstigte, als freigebig Bekannte, im Koran Bewanderte und der als Gläubigster aller gläubigen Moslems weit über Persiens Grenzen hinaus Angesehene! Allah möge dich weiter segnen, deine Reichtümer verdoppeln, ja verdreifachen und dir drei jungen Füllen gleiche Erben auf einmal geben. Inschallah! Wisse, deine ergebene, schöne und kluge Sklavin, das Kind des an Witz bevorzugten Landes Chorassan, liegt blutend, nackt, hungernd in einem Kellerloch. Ihre Scham ist wund infolge der Stöße, die du ihr gegeben hast, und um sie herum ist sie von Wunden und Beulen eingeschlossen, die ihr dein Weib mit Fußtritten zugefügt hat. Sie schwimmt in Blut und wird die Nacht nicht mehr erleben, wenn sie nicht sogleich Hilfe bekommt. Was hat sie getan? Sie war dir ergeben, hat deinen Kummer für ihren Kummer gehalten und deinen Wunsch zu ihrem Wunsch gemacht, hat also so gehandelt, wie es ihr die Religion vorschreibt.

Daher komme ich zu dir, dich zu bitten, du wollest sie sofort aus dem Käfig befreien, damit ihr Körper nicht noch von unreinen Getieren gefressen wird. Allah möge es dir lohnen!«

Der Herr blickte sinnend vor sich hin. Es fiel ihm sein Schwur ein, den er seiner Frau gegeben hatte, dessen Erfüllung sie in böser Laune erzwingen konnte, wenn sie bis zum König ging, der ihm nicht mehr gewogen war, und der Gedanke, einmal als Wesen, das weder Mann noch Weib ist, aus dem Erdenleben abzutreten, war ihm fürchterlich. Da er aber Allah mehr als sein Weib fürchtete, antwortete er der Alten: »Es soll geschehen!«

Und er befahl, dass man der Sklavin die Tür öffnete. Doch trug er dafür Sorge, dass sie abseits in einer Kammer vor den Blicken seines Weibes verborgen blieb. Dort pflegte die Alte sie, badete sie, salbte ihre Wunden ein und ging nicht von ihrem Lager fort, obwohl sie viele Unfreundlichkeiten wegen der Chorassanerin von den Bediensteten im Hause zu erdulden hatte, bis diese sich einigermaßen erholt hatte.

Als aber die Kranke davon erfuhr, dass sie aus dem Hause müsse und einen anderen Herrn erhalten solle, da verfiel sie wieder in Traurigkeit. Aus einem Winkel holte sie einen Beutel mit Silbermünzen hervor und reichte diesen der Alten mit den Worten:

»Alle meine Hoffnungen sind zuschande geworden. Ich fühle, dass ich den Schmerz nicht überleben werde. Was du, liebe Mutter, an mir getan hast, kann ich dir nicht vergelten, möge Allah es tun. Jedoch nimm als Teil eines Lohnes diesen Beutel Münzen, der meinen Tod wohl überstehen wird, sicher aber nicht im Leichenzug bis zum Friedhof käme, ohne dass man ihm auch den Garaus gemacht hätte. Er enthält meine Ersparnisse, die Geschenke, die mir mein Herr Abdullah Enveri gab.«

Die Alte strich ihr über die tränenfeuchten Wangen und sprach:

»Ich bedarf deines Lohnes nicht, mein Kind. Wenn du zum Ziele deiner Wünsche gelangst, dann magst du mich bescheiden bedenken, damit ich mir meine alten Tage ein wenig angenehmer gestalten kann. Jetzt aber behalte den Beutel, außer einigen Silbermünzen, die ich gerade benötige (und sie entnahm dem Beutel drei Silberstücke), denn du wirst nicht sterben, sondern deinen Wunsch erfüllt sehen und mit deinem Geliebten in Lust und Freude die Nächte verbringen. Wir leben nämlich im Jahre des Hahnes, in dem alle Liebessachen glücklich ausgehen, weil ja ein guter Hahn jede Henne tritt und keine ungedeckt laufen lässt. Außerdem habe ich noch einen Plan.«

»Und welches ist dieser Plan?« fragte das Mädchen.

»Ich will dir von diesem noch nichts mitteilen«, entgegnete die Alte. »Sei nur guten Mutes, ich muss dich jetzt verlassen und kehre in Kürze zurück.«

Traurig und einsam verbrachte die Sklavin die Tage in der abgelegenen Kammer beim Knüpfen eines Teppichs.

Da erschien eines Tages die Alte bei ihr wieder und brachte ihr die freudige Nachricht, dass ihr Gebieter, der Eseltreiber aus Chorassan, wieder mit der Karawane seines Kaufmannes in Teheran eingetroffen sei, ihr Grüße überbringen und ihr mitteilen lasse, dass er sich arg nach ihr sehne und ein baldiges Zusammensein mit ihr wünsche.

Die Sklavin geriet in herzliche Freude, begann bald jedoch wieder zu weinen, da sie wusste, dass es nicht möglich sei, Gelegenheit zu finden, mit der Befriedigung ihres Verlangens seine Sehnsucht zu stillen, weil sie scharf bewacht wurde und ihre Kammer nicht verlassen durfte.

Wiederum wusste die schlaue Alte einen Ausweg, und nun teilte sie der

Jungen ihren letzten Plan zur Erlangung des Zieles mit, den sie ihr vor einigen Tagen angedeutet hatte. Sie erzählte: »Höre, mein Kind. Ich will dir den letzten Plan kundtun, den ich ausgesonnen habe, den ich kürzlich erwähnte und der zum mindesten halb glückt, da die eine Hälfte untadelig wie die rotwangige Hälfte eines reifen Apfels aus dem gepflegten Garten des Kalifen ist.«

»Tu dies, meine Mutter«, sprach das Mädchen.

Und die Alte fuhr fort:

»Ich habe vernommen, dass Abdullahs Weib, diese ausgezupfte Krähe, sich nach einem erprobten Arzt sehnt. Sie liegt im Bett, klagt, stöhnt, schimpft und sagt, es sei in ihrem Unterleibe irgendetwas nicht in Ordnung. Sie gibt die Schuld ihrem Mann, weil dieser seine Pflicht nicht erfülle. In Wahrheit wird es aber wohl das Getreidekorn sein, das sie in ihrer Öffnung hat und das nach dieser langen Zeit gekeimt haben mag. Nun will ich zu ihr gehen, ihr freundlich zureden, auch für ein gutes Wort einlegen, mich nach ihrem Leiden erkundigen und schließlich ihr einen berühmten Arzt empfehlen, der zufällig aus Indien hier weilt. Die lüsterne Henne wird nach ihm verlangen, damit er sie untersuche. Dann will ich deinen Geliebten in der Herberge aufsuchen, ihn davon verständigen, ihn in einen indischen Arzt verwandeln und dem Weibe zuführen. Er soll mit wichtiger Miene nach dem Rechten sehen, und da er ein kräftiger Bursche ist, dessen Anblick den Frauen das Denken an andere Dinge schwer macht, so wähne ich, dass sie die richtige Arznei von ihm verlangt und er sie ihr auch gibt.«

Das Chorassaner Mädchen hörte aufmerksam zu, und nachdem die Alte geendigt hatte, sagte es:

»O meine Mutter, dein Plan ist gut, wie alle deine Pläne. Tue, was du tun willst, Allah möge dir beistehen. Und wenn mein Geliebter, der das Blut meiner Adern, die Haut über dem Fleische meines Leibes, der Schlüssel zur Tür meines Innern ist, in dem seine Nachkommen auf seinen Ruf warten, dir zum Gelingen des Planes zu seinem eigenen und meinem Wohl verhelfen kann, so möge er es in Allahs Namen tun. Er ist in seiner Art reich und unerschöpflich, so dass von seinen Gaben mir immer noch genug zur Verfügung stehen werden. Nur fürchte ich, dass er sich nicht leicht in die Rolle eines indischen Arztes finden wird, umso mehr, als er kein Wort Indisch, sondern ausgeprägt seine chorassanische Mundart spricht. Maschallah - in Gottes Namen -, führe deinen Plan aus.«

Als die Alte bei Abdullahs Weib erschien, kniete sie nieder, küsste der Herrin die Hand und sprach: »O teure Herrin, Allah segne dich, bleibe dir weiterhin gut gewogen und mache deinen Leib fruchtbar. Ich habe gehört, dass es dir nicht gut ergeht. Daher bin ich gekommen, um dir beizustehen, insofern ich es vermag.«

»Ich fühle mich nicht wohl«, antwortete die Kranke. »Doch sprich, liebe Mutter, wer schickt dich zu mir? «

»O meine Herrin«, heuchelte und log mit dem Ausdruck der Innigkeit die Alte. »Als ich vorhin ins Haus kam, um mancherlei Hausbedarf zu bringen, wie ich ihn täglich bringe, da sah ich eine Sklavin, die schluchzte und weinte. Ich fragte sie: »Warum weinst du, meine Tochter?«

Und sie gab zur Antwort: »Wie sollte ich nicht weinen, da meine gute Herrin krank daniederliegt und ich ihren Schmerz doppelt als sie fühle!«

»Welche Sklavin war dies?« fragte die Gattin Abdullahs »Ich möchte ihr das Mitleid für mich danken.«

»Ihren Namen kenne ich nicht«, entgegnete die Alte. »Sie war noch jung, breithüftig, und wenn ich mich nicht täusche, so hatte sie in ihrer Sprache den Tonfall der Leute von Chorassan.«

Da fuhr das Weib von ihrem Lager wie eine stechende Viper auf.

»Ah, die chorassanische Dirne, die ich in den Keller werfen ließ, damit sie dort verrecken sollte, die man wieder befreite und die nun Mitleid für mich heuchelt, obwohl sie doch mit die Ursache meiner Qualen ist. Und diese hätte wirklich so gesprochen, wie du mir sagst?«

»Ja, meine teure Herrin, Allah ist mein Zeuge, dass mein Mund keine Lüge ausspricht«, antwortete die Alte und fuhr dann fort:

»Du hast diesem Mädchen unrecht getan; denn es ist nicht die Ursache deiner Qualen gewesen; vielmehr hat sie sich deiner Sorgen angenommen, und es ist nicht ihre Schuld, wenn deines Mannes Augen so trüb sind, dass er ihr Loch mit dem deinen verwechselt hat. Ich will dir auch sagen, dass sie es ist, die mich zu dir geschickt hat, da sie weiß, dass ich in vielen Sachen bewandert bin, damit ich dir helfen möge, und sie hat mich auch angewiesen, dich um Gnade für sie zu bitten.«

»Ist dies alles wahr, was du hier sagst, und kannst du es beschwören?«

»Ich schwör' es bei Allah und allen seinen Propheten«, schwor die Alte.

»Es soll ihr vergeben sein«, sprach darauf Abdullahs Weib.

»O du gütige Herrin«, rief nun die Alte aus. »Allah, dessen Namen man allzeit preisen soll, wird dir diese Tat hoch anrechnen. Und nun sage mir, was dir fehlt, damit ich dich von deinem Leiden erlöse.«

»Ich fühle mich an Leib und Seele krank, meine Mutter«, klagte die Herrin. »Mein Kopf schmerzt mich vor Ärger und Kummer, und mein Leib tut mir ebenfalls weh. In dem Täschchen, das ja auch dir von Allah gegeben worden ist, fühle ich stets ein Zucken und Stechen, und ich kann nicht alles ohne Schwierigkeiten tun, was ich tun muss. Ich kenne die Ursache meines Leidens wohl. Dennoch kann ich mir nicht helfen. Wenn du mir aber wenigstens meine Schmerzen verringern wirst, so will ich es dir gut bezahlen.«

Danach bat die Alte, die Öffnung der Kranken sehen zu dürfen. Sie legte die Lippen auseinander und bemerkte innen einen weißen Faden, der von dem gekeimten Korn herrührt.

»Es ist mir manchmal, als ob ich ein Kind bekommen würde«, erklärte Abdullahs Weib. »Und doch kann dies nicht möglich sein, da mein Gemahl schon einige Wochen nicht mehr bei mir gelegen hat.«

»Gnädige Herrin«, sprach die alte Frau nach einer Weile, in der sie so getan hatte, als habe sie tief über etwas nachgedacht. »Da ich dir versprochen habe, dich zu heilen, so muss ich dir die reine Wahrheit sagen. Was du da spürst, ist der Drang deiner Fruchtbarkeit, der sich bemerkbar macht und Stillung verlangt. Denn dich hat Allah mit reicher Fruchtbarkeit ausgestattet. Aber es ist nicht dies allein. Es fehlt dir noch etwas, was ich nicht recht zu bestimmen vermag. Wenn ich auch viel erfahren und in der Medizin bewandert bin, so dass ich oft in den schwierigsten Fällen Rat wusste, so bin ich doch nur ein unstudiertes altes Weib, das nicht alles wissen kann. Auch ist deine Gesundheit so zart, dass die größte Vorsicht angebracht ist. Nun fällt mir gerade ein, dass ich von einem berühmten indischen Arzt, berühmt wie Ibu Sina, vernommen habe, der sich augenblicklich in Teheran aufhält und - obgleich er noch ein junger Mann ist - die größte Aufmerksamkeit auf sich gezogen, infolgedessen er einen gewaltigen Zuspruch hat. Er wird nicht lange in der Stadt verweilen, weil er Einladungen von allen Herrschern der Welt erhalten hat. Den will ich aufsuchen, ihn veranlassen - insofern es dein Wille ist -, dich zu besuchen. Es wird ihm ein leichtes sein, dir Genesung zu bringen.«

»Tu dies, meine Mutter«, antwortete die Herrin, die sich sehr geschmeichelt fühlte, als sie von ihrer großen Fruchtbarkeit hörte. »Ich will davon, dass mich der Arzt besucht, meinen Gemahl in Kenntnis setzen, wie es sich geziemt. Da du aber so aufrichtig zu mir gewesen bist, will ich dich - wenn der Arzt mich gesund macht - so belohnen als wenn du selbst mich geheilt hättest.«

Danach suchte die Alte den chorassanischen Eseltreiber auf, weihte ihn in den Plan ein, und der Jüngling antwortete in chorassanischer Mundart:

»Meine Mutter, tu mit mir, was du willst. Ich bin dabei und hoffe, Allah möge uns beistehen, dass ich auf diese Weise zu meiner Geliebten komme. Den Kopf wird es nicht kosten - schlimmstenfalls eine Tracht Prügel, die ich noch für zwei andere auf mich nehmen kann, wenn es darauf ankommt.«

Nun ging die Alte in den Basar, kaufte dort ein Gewand, wie es die Inder tragen. Dann schickte sie den Eseltreiber ins Bad, damit er sich gründlich säuberte, veranlasste auch, dass er sich die Haare schnitt, und brachte ihn heimlich in ihr Haus, dort kleidete sie ihn um und rieb ihn mit guten Ölen ein, wozu sie ein großes Quantum benötigte, da der Stallgeruch zäh an ihm haftete.

Der Chorassaner Jüngling war groß und kräftig, hatte Schwielen an seinen Händen und auch gar nichts von dem Wesen eines indischen Arztes an sich. Aber er sah in dem schönen Gewand achtunggebietend aus. Sein Turban hatte die Größe eines Wagenrades; auch war sein Gürtel mit Gold bestickt.

Die Alte unterrichtete ihn darin, wie er sich zu benehmen habe, gab ihm ein Fläschchen und Pulver mit und sagte zum Schluss:

»Sprich so wenig wie möglich; greif in ihre Öffnung, hole das Korn mit den Wurzelfäden heraus und sage ihr, dass dies der Fruchtbarkeitsstock sei. Und wenn sie das richtige Mittel zum Erlangen eines Kindes haben will, so gib es ihr und zögere nicht. Inschallah!«

Danach führte sie ihn der Frau Abdullahs zu.

Als er eintrat, begrüßte er sie mit »Sälam«.

»Bist du der indische Arzt, von dem ich vernommen habe und der mir Heilung bringen will?« fragte sie und schickte ihre Sklavin aus dem Zimmer.

»Ja, ja, der bin ich«, antwortete er.

»Dann bitte ich dich, o mein Herr, mich zu untersuchen, um festzustellen, was mir fehlt«, fuhr sie fort, und als sie sah, dass er schön und kräftig gebaut war, setzte sie hinzu: »Oh, ich spüre schon eine Erleichterung, seitdem du in meiner Nähe weilst; denn ich habe Zutrauen zu dir gefasst und weiß, dass du mir helfen wirst.«

Er setzte sich ihr zu Füßen, starrte sie eine Weile an, wodurch sie in Verwirrung geriet, öffnete darauf die Schnur ihrer Hose, zog sie herab, fuhr in ihre Scheide, zog ein Gewirr von feinen Fasern heraus, das von den Wurzeln des ausgeschlagenen Getreidekorns gebildet worden war, und sagte: »Das ist dein Fruchtstock, der muss raus! Ist noch etwas drinnen?«

»O ja, mein Herr«, seufzte die Frau. »Etwas tiefer sitzt noch etwas.«

Der Arzt griff noch einmal in die Öffnung, doch da schrie sie auf und sagte:

»O Häkim, deine Finger sind hart, und es tut weh, hast du nichts Weicheres, mit dem du tiefer hineinfahren kannst?«

Da zog er ohne viel Federlesen seine Pinzette hervor, und als diese die Kranke in Dimensionen sah, von denen sie bisher noch keine Vorstellung gehabt hatte, und bald darauf auch an der Stelle spürte, wo sie hingehört, da fühlte sie in ihrer Wollust die Genesung kommen. Hin und wieder flüsterte sie:

»Noch ein wenig weiter, lieber Arzt, noch ein wenig weiter, du wirst es gleich haben!«

Wohl fünf- oder sechsmal musste er mit seiner Pinzette hineinlangen,

da sie angab, es sei immer noch etwas drinnen, obwohl sie danach mehr drinnen hatte als zuvor. Als nun der falsche Arzt seine Kur beendigt hatte, sagte sie zu ihm:

»Ich danke dir, o mein Arzt, Allah möge dich segnen, deine Klugheit mehren und deinen Ruf noch weiter verbreiten, als er ohnehin schon ist. Du hast mich wirklich geheilt, und wenn ich auch noch nicht völlig gesund bin, da immer noch etwas drinnen und mir noch längst nicht gut ist, so weiß ich wohl, dass du nach einigen Besuchen mir meine Gesundheit völlig herstellst. Nun aber sage, welche Summe du zu bekommen hast.«

»Ich habe nichts zu kriegen, ich habe es für Sie umsonst gemacht«, sagte da Häkim.

»O mein Herr«, erwiderte da die Frau. »Du bist zu gütig. Doch nimm diese Goldmünzen, es sind einhundert Stück, und erweise mir die Gunst, morgen wiederzukommen, damit ich schnell wieder das Bett verlassen kann. Jetzt aber erlaube mir eine Frage.«

»Frag man zu!« gab er zurück.

»Du bist ein indischer Arzt«, begann sie, »und wahrlich, wie ich am eigenen Leibe verspürt habe, eine große Berühmtheit, würdig des Rufes, den du genießt. Doch deine Sprache klingt so, wie sie die Leute aus dem Lande Chorassan sprechen und nicht indisch.«

Da kratzte sich der verkappte Eseltreiber hinterm Ohr, steckte den Beutel mit den Goldstücken zu sich und entgegnete:

»Ja, meine liebe Frau, das kommt daher, dass die Inder von den Chorassanern abstammen.«

»Sonderbar«, sprach sie wieder, »dass man die Chorassaner nicht dementsprechend einschätzt.«

Die Alte hatte im Hause auf den Chorassaner gewartet und führte ihn wieder davon, wobei sie ihn ergeben wie einen großen Herrn behandelte. Treuherzig erzählte er den Verlauf des Besuches, zeigte ihr den Geldbeutel, von dem er ihr einen Teil abgab. Daraus konnte die Alte schließen, dass sie auf die Instinkte von Abdullahs Weib richtig spekuliert hatte und ihren Plan zur Hälfte bereits als gelungen sah, was sie auch bald das Mädchen wissen ließ, um es aufzuheitern.

Täglich ging nun der indische Arzt in das Haus Abdullah Enveris, um aus dessen Gemahlin das letzte herauszuholen, was sie plagte, und wenn es ihm auch lieber gewesen wäre, seine Geliebte, die Chorassaner Sklavin zu konsultieren als dieses lüsterne Knochengestell, so hielt er doch tapfer aus, weil er wusste, was davon abhing. Jedes Mal erhielt er überdies reichen Lohn so viel auf einmal, wie er in seinem Leben noch nie gesehen hatte, und Abdullah selbst bedankte sich bei ihm, wobei er dem Arzt eine Extravergütung spendete. Doch war der Herr nie bei den Sprechstunden zugegen, da er fürchtete, sie könnte bei dieser Gelegenheit durch den Inder die Operation an ihm vornehmen lassen.

So verging ein halber Monat, und immer noch spürte die Patientin etwas in sich.

Der Jüngling aber sprach zu der Alten:

»O meine Mutter, ich hoffe, dass ich jetzt den indischen Arzt lange genug gespielt habe; denn wenn ich noch einige Zeit weiterdoktern soll, muss ich mich am Ende selbst in ärztliche Behandlung begeben; denn es ist ein altes Lied, dass Ausgehungerte die Gefräßigsten sind. Außerdem hat mein Herr seine Geschäfte erledigt und gedenkt, in Kürze nach Chorassan zurückzukehren. Ich werde also heute zu der Eule sagen, dass ich endlich abreisen müsse, um so schneller, als ich schon ihretwegen meinen hiesigen Aufenthalt verlängert hätte, doch müsse ich dringend nach Bagdad, um mich beim Sultan zu melden, in dessen Harem eine Krankheit, ähnlich der ihrigen, ausgebrochen sei.«

Da musste die Alte herzlich lachen und sie entgegnete:

»O mein Sohn, du hast dich gut in die Rolle des Arztes eingespielt und bist für einen Eseltreiber wirklich zu schade.« Er gab zurück:

»O meine Mutter, ich habe auch keine Lust, zeit meines Lebens Eseltreiber zu bleiben. Ich habe ja als Arzt so reichlich Geld verdient, dass ich jetzt selbst ein Händler werden kann.«

Als er dann bei seiner Patientin wieder erschien, sagte er zu ihr:

»Liebe Frau, morgen muss ich abreisen.«

Da geriet sie in Bestürzung und rief:

»O verehrter und gepriesener Arzt, ich bin noch nicht gesund, und du willst mich nicht mehr behandeln? Ist dir der Lohn zu wenig? Sag, was du zu verlangen hast, und du sollst das Doppelte davon erhalten. Aber lass mich nicht auf halbem Wege zur Genesung stehen.«

»O meine liebe Frau«, log und heuchelte der Eseltreiber mit gut nachgemachter Herzlichkeit und mit Würde, »und wenn du mir das Tausendfache gibst, ich kann nicht bleiben. Ich habe hier schon zu lange herumgedoktert, obwohl ich keine Zeit mehr hatte, ich tat es nur aus Liebe zu dir. Nun muss ich gehen. Der Sultan von Bagdad, der nicht mit sich spaßen lässt, hat mir einen Eilbrief geschickt, dass ich gleich kommen soll, ehe sein Harem ausstirbt.«

Sie seufzte und fragte: »O mein Herr, wann kommst du nach Teheran wieder zurück?«

Darauf sagte er:

»Ja, liebe Frau, das ist so eine Sache. Wenn ich den Harem kurieren kann, werde ich wohl bald wieder zurückkommen. Wenn aber die Frauen des Sultans in Bagdad auch so schwer krank sind wie du - o meine liebe Frau-, dann muss ich wohl meinen Kopf lassen; denn so viel Medizin habe ich nicht, und ich kann so viel auch nicht aufbringen.«

Da weinte das Weib vor Abschiedsschmerz, ließ sich zum letzten Mal eine starke Dosis geben, gab ihm noch einen Beutel voll Goldstücke, küsste seine Pinzette, drückte sie an die Wange und flehte den Segen Allahs auf ihn herab.

Abdullah Enveri hatte während dieser Zeit ein Dasein voller Zweifel und Bangen geführt. Er blieb ständig in seinem Zimmer, trat nie in den Harem ein und ließ sich auch nicht bei der Chorassanerin sehen. Er bangte, jeden Augenblick könne vom König ein Bote kommen, um ihn vor sich zu rufen, weil ihn seine Frau verklagt haben könnte. Als er dann vom Eunuchen vernahm, dass der Arzt sein Weib gesund gemacht habe und dieses sich in bester Laune befand, da wurde es ihm etwas leichter ums Herz. Dennoch stieg kein Verlangen in ihm nach dem Genuss einer Feige auf, denn die Kamelbrunstpulver-Kur hatte ihn so sehr mitgenommen, dass er nach der Schlacht auf ebener Erde im Hofe sich zeitlebens erschöpft hatte.

Doch eines Tages, da stellte Abdullahs Gattin fest, dass sie empfangen hatte. Und sie wartete noch etliche Tage, dann ließ sie ihren Gemahl zu sich bitten und sprach zu ihm mit süßer Stimme:

»O mein herzliebster Herr und Gemahl, der indische Arzt hat mich wieder von meinem Leiden befreit. Er hat mich untersucht, mir einen Teil des Fruchtstockes abgeschnitten, da dieser bei mir zu üppig entwickelt war, dass er mir Qualen verursachte. Nun aber bin ich wieder wohlauf - wofür Allah gedankt und gepriesen sei -, und ich habe große Sehnsucht nach dir. Daher wünsche ich, mit dir bei Speise und Trank und Plaudern den heutigen Tag zu verbringen und des Nachts bei dir zu liegen, vielleicht, dass Allah in seiner unermesslichen Güte in mir den Samen deines Blutes zur Frucht ansetzen lässt, damit du einen Erben bekommst und dich seiner wie meiner erfreuest.«

Da fiel ihm das Getreidekorn ein.

Darauf ließ sie köstliche Speisen, Süßigkeiten, Früchte und Wein hereinbringen, und sie plauderte mit ihm so herzlich und lustig, dass er sich schier verwunderte. Und auch er fing an zu reden und zu lachen wie lange nicht, und noch ehe es Nacht wurde, begann sie mit ihm zu spielen, so dass er endlich sich auf sie legte, ohne dass sie eine besondere Methode von ihm forderte. Er hob ihre Beine empor, aber so sehr er auch mit den Fingern nachhalf, war sein Ross doch nicht in die Reitbahn zu bringen.

Dennoch seufzte seine Gemahlin tief und schwer, tat, als ob sie in Ohnmacht fiele, und als sie wieder die Augen aufschlug, flüsterte sie ihm zu, dass sie empfangen habe.

Darüber war Abdullah vor Erstaunen und Glück ganz verwirrt, und er verzeichnete die Stunde in einem Buche.

Sein Weib nahm an Umfang zu, ward über alle Maßen dick, und als die Zeit herum war, bekam sie Zwillinge, einen Knaben und ein Mädchen, und der Knabe glich in seiner Schönheit einer Aprikose und das Mädchen in seiner Lieblichkeit einem Pfirsich.

Abdullahs Glück aber kannte keine Grenzen. Er ging selbst zum König, um ihm die Nachricht zu übermitteln, ward in Gnaden aufgenommen und erhielt für sich und sein Weib kostbare Gewänder zum Geschenk.

In seiner Freude hatte Abdullah Enveri jedoch alle seine Versprechen und auch seine chorassanische Sklavin vergessen.

Als nun die Alte zu dem Mädchen kam und ihm die Nachricht von der Geburt der Zwillinge überbrachte, sagte diese:

»O meine Mutter, ich fürchte, mein Herr Abdullah Enveri wird sich des Versprechens nicht mehr erinnern können; denn wahrlich, ich habe ihn, seitdem ich hier in der Kammer arbeite, nicht mehr zu Gesicht bekommen, und inzwischen ist wohl ein Jahr vergangen.«

»Sei unbesorgt, meine Tochter«, gab die Alte zurück. »Ist das Huhn gehascht, so soll es auch gebraten werden. Ich werde zu ihm gehen, ihm Glück wünschen und ihn an das Versprechen erinnern. «

Und sie trat vor Abdullah, küsste seine Hand und sprach:

»O mein Herr, Allah, dessen Name gepriesen sei, hat dich mit Glück überschüttet, und er möge dich weiterhin segnen und deine Kinder behüten, dass sie gedeihen mögen und zunehmen an Schönheit und Fülle wie zwei Monde zur vollen Pracht in vierzehnter Nacht.«

»Inschallah«, antwortete er. »Geh in die Küche, o meine Mutter, und lass dir Speise verabreichen. Hier aber nimm diese Münze.«

Sie aber entgegnete: »O mein freigebiger Gebieter, ich hätte noch eine andere Bitte.«

»Nenne mir diese«, sagte er.

Und sie fuhr fort: »Ich bitte dich, du mögest dich deiner chorassanischen Sklavin erinnern, die dich sehr liebt und der dein Wohl mehr am Herzen lag als das ihrige.«

»Und was ist mit ihr?«

»Sie fleht dich an, dich deiner Versprechen zu erinnern.«

»Und welche sind dies?«

»Du hast ihr versprochen, ihr die Freiheit zu geben, wenn du einen Erben erhältst. Außerdem versprachst du ihr vordem bei Gelegenheiten in ihrer Gesellschaft zwei Gewänder.«

Abdullah sann einige Zeit nach, dann entgegnete er: »Das ist wahr. Das habe ich versprochen, und was ich gesagt habe, bleibt gesagt und soll geschehen.«

So erhielt also die chorassanische Sklavin infolge ihrer und der Alten List ihre Freiheit.

Sie vereinigte sich mit ihrem Geliebten, der mit Hilfe des als Arzt verdienten Geldes einen Handel anfing und selbst eine Karawane von Chorassan nach Teheran gehen ließ. Die kluge Alte, die dem Paar zum Glück verholfen hatte, wurde so reichlich belohnt, dass sie ihre alten Tage sorglos verbringen konnte.

Wenn aber der ehemalige Eseltreiber und indische Arzt, der Gatte der schönen chorassanischen Sklavin, nach Teheran kam, zeigte man ihm die Zwillinge, die lieblich anzusehen waren, indem man sagte:

»Das sind die lieblichen Kinder Abdullah Enveris, die ihm Allah noch auf seine alten Tage geschenkt hat.«

Da dachte er bei sich:

»Nicht übel. Aber meine eigene Stute ist vom besseren Schlag und hat noch ganz andere Füllen geworfen.«

Die Rosenjungfrau

Zu Bagdad lebte einst ein reicher und angesehener Mann, der ein herrliches Haus besaß, ausgestattet mit Kostbarkeiten, wie man sie nur in den Palästen von Königen findet. Dazu eine Schatzkammer, angehäuft mit Gold, Edelsteinen und unverarbeitetem Elfenbein, weiter mehrere Landgüter mit Lustschlössern zur Erholung und den dazugehörigen Gärten voll Blumen, Früchten und Ziersträuchern in unvergleichlicher Üppigkeit, von der Zahl der Sklaven, Sklavinnen und Bediensteten gar nicht zu reden.

Sein Name lautete Näriman Chan.

Er hatte ein Weib, das er mehr als jede andere irdische Kostbarkeit liebte, da es schön von Angesicht und Körperbau anzusehen, herrlich mit der läutenden Stimme anzuhören und erbauend in seiner klugen Rede war.

Es hieß Humay.

Sie beide hatten aber keine Kinder, und da sie sich danach gemeinsam sehnten, litten sie unter der Versagung dieses Glückes, am meisten aber Humay, weil sie wusste, dass sie daran die Schuld trug, denn ihr Gatte besaß mehrere Sklavinnen, die von ihm mit Kindern gesegnet worden waren.

Daher saß sie oft in der Dämmerungsstunde am Fenster des Harems und blickte schwermütig und mit verweinten Augen durch das Gitter auf die Straße hinab.

Wenn dann ihr Gatte sie in dieser Gemütsverfassung erblickte, sprach er zu ihr: »Oh, mein Juwel, warum sitzt du im Düstern und starrst so verloren vor dich hin?«

Da antwortete sie:

»O mein Gemahl, ich liebe das Dämmerlicht und schrecke vor der Sonne zurück, weil Allah sie für mich nicht geschaffen hat; denn mein Leben verläuft trübe und wird enden, ohne dass die Sonne es erhellt hat.«

Näriman tröstete sie:

»Gräme dich nicht, mein liebes Weib, und fürchte nicht, dass du mir weniger teuer bist, als wenn du Mutter eines Kindes von mir wärest, das unser beider Ergötzen bedeuten würde. Es ist Allahs Wille und nicht der deinige oder der meinige, und so müssen wir uns darein ergeben. Trotzdem hoffe ich noch sehr, dass unser Wunsch erfüllt wird. Denn es hat viele Leute zu allen Zeiten gegeben, die lange kinderlos lebten und dann selbst im hohen Alter noch das Glück genossen, mit einem Stammhalter bedacht zu werden. Vielleicht hat mit uns das Schicksal ein Gleiches vor. Dann wird das Licht der Sonne deine Augen blenden. Inschallah!«

Aber Humay ward immer schwermütiger. Da Näriman Chan fürchtete, sie könnte erkranken und in den Tod gehen, brachte er sie in sein Landhaus am Tigris, wo sie sich in den Gärten zerstreuen konnte, die schwanger von dem Atem der Rosen, hell von dem Feuer der Betunien, überfüllt von der Lieblichkeit der Narzissen waren, die verschwiegen in Flieder und Jasmin, trunken von den Melodien der Nachtigallen, der Amseln und der Turteltauben und bestreut mit schillernden Käfern jeglicher Art gleich lebendigen Türkisen, Rubinen und Seleniken lagen.

Dort lustwandelte sie täglich, schritt durch Pinienhaine und Myrtengänge zum Tigris hinab, las in den Büchern Firdusis oder ließ sich von ihrer jungen Sklavin Miskah, die sich stets in ihrer Begleitung befand, die erbaulichen Verse Mewlana Dschelaleddin Rumis und die lustigen Lieder des Hafis vortragen.

Wie sie nun eines Tages wieder einmal die Gärten durchschritten, kam eine freudige Stimmung über Humay, worüber sie sich im geheimen Vorwürfe machte, da sie keine Ursache dafür zu haben wähnte. Dennoch blieb ihre Lebenslust bestehen und sie sprach zu ihrer Sklavin:

»Ich hätte heute Lust, einmal aus dem Garten hinauszugehen und weiter hinab den Tigris zu wandern, um meine Neugier zu stillen, wie es dort wohl ausschaut. Wenn ich nur wüsste, wie wir aus dem Garten herauskommen; denn die hohen Mauern zu übersteigen ist uns Frauen doch nicht möglich!«Da rief Miskah aus:

»Oh, meine teure Gebieterin, ich weiß wohl hinten im Garten eine kleine Pforte, die unter Oleanderranken versteckt liegt und durch die öfter die Gärtner ein- und ausgehen, wenn sie außerhalb zu tun haben. Ich habe sie ganz zufällig entdeckt, als ich einmal für dich ein neues lauschiges Plätzchen auskundschaften wollte, wo du träumen könntest. Durch diese kommen wir hinaus ins Freie.«

Als sie an die Pforte kamen, schob die Sklavin einen Riegel zur Seite, lehnte die Tür wieder an, und heiter plaudernd, wie sie es nie getan hatte, schritt Humay dem Flusse zu, am Ufergebüsch abwärts, bis sie zu einer Brücke kamen. Dort saß ein schmutziger Derwisch, der einigen Reitern zurief:

»Um Allahs willen, gebt mir einige Schahis, damit ich mir meine Wunden heilen lassen kann!«

Aber die Reiter lachten ihn aus, anstatt ihm ein Almosen zu spenden, voll Zorn drohte der Alte: »Allah möge euch bei lebendigem Leib verfaulen lassen, euch Hundesöhne!«

Völlig wider ihre Gewohnheit trat Humay auf den Derwisch zu und redete ihn freundlich an: »Warum verfluchst du die Männer?«

Der Alte blickte auf, sah erstaunt das schön gekleidete Weib an und antwortete: »Oh, meine Herrin, ich bat diese Teufel um einige Kupferstücke, aber sie riefen mir zu, es täte ihnen leid, mir nicht helfen zu können, da sie nur Goldtomane besäßen. Und so ritten sie lachend weiter, während ich mich nicht mehr von der Stelle schleppen kann, da meine Wunden eitern und mir schließlich noch den Tod bringen werden.«

»Was hast du für Wunden?« fragte Humay.

Der Derwisch erzählte:

»O gütige Herrin, ich komme vom Grabe des Propheten. Unterwegs wurde ich von Schakalen angefallen, die mir meinen Mundvorrat raubten und mir arg zusetzten. Durch die Anstrengung der Wanderung, die Hitze und den Staub sind die Wunden, wie du siehst, vereitert (dabei streifte er sein Kleid hoch und zeigte ihr seine Schenkel, die ekelhaft anzusehen waren). Nun will ich nach Bagdad zu einem Arzt, dass er sie mir heilt. Aber was nützt es mir, wenn ich ohne einen Silbergroschen in die Stadt komme? Der Häkim wird mich nicht zuerst fragen, wie viel Tage ich noch zu leben habe, sondern wie viel Tomane in meiner Tasche stecken. Aber ich will nicht klagen und mich über solche Halunken wie diese Reiter ärgern, da dies wider Allahs Gebot ist, das streng zu halten ich mir vorgenommen habe. Denn der Eine Gott, dessen Name gepriesen sei, wird doch noch eines Tages die Pest in ihren Beutel schicken, damit ihnen das Reiten vergeht. Inschallah!«

Da sagte Humay zu ihrer Sklavin:

»Hast du Geld bei dir, mein Kind?«

»Oh, Herrin, leider auch nicht eine Münze«, gab diese zurück.

Da zog die Dame eine kleine goldene Spange, die sie bereits trug, als sie noch eine Jungfrau war, aus ihrem Gewand und reichte sie dem Derwisch mit den Worten: »Nimm diese Spange und verkaufe sie im Basar zu Bagdad. Du wirst genug Geld dafür erhalten, um dich heilen lassen zu können.«

Der Derwisch nahm den Schmuck in seine schmutzige Hand, beschaute ihn, wog ihn und antwortete endlich, nachdem ihn Humay erstaunt beobachtet hatte: »Ich kann dir deine Güte nicht lohnen, aber ich will Allah bitten, dass er es für mich tut, indem er deinen sehnsüchtigsten Wunsch erfüllt.«

»Und welches ist mein sehnsüchtigster Wunsch?« fragte die Herrin.

Der Derwisch wog noch einmal die Spange in der hohlen Hand und entgegnete: »Ich spüre, wie eine geheime Kraft von diesem Ding ausgeht. Die Spange enthält jene Kraft, die allem Golde eigen ist, das reife Frauen, die den Genuss der Liebe kennen, ohne mit ihrem Segen bedacht worden zu sein, seit ihrer Jungfernschaft an ihrem Körper tragen; denn Gold hat die Eigenschaft, den Lebensgeist im Blut geweckter, aber ungeborener Wesen anzunehmen und sie auf Männer, mögen sie nun schwach an Stoßkraft oder irgendwie krank an Körper und Seele sein, zu übertragen.«

»O mein Vater, weshalb machst du so böse Witze?« sagte Humay, und dann richtete sie an ihn noch einmal die Frage: »Und welches ist mein sehnsüchtigster Wunsch?«

Der Derwisch betrachtete ihren Körper mit so scharfen Blicken, als ob er durch Schleier und Kleid blicken wolle. Und nach einer Weile sprach er:

»Ich fühle, dass dein Körper schön und jugendlich ist, obwohl ich nie bei dir gelegen habe, so dass ich ihn in seinem Fleisch sehen konnte. Aber zeige mir dein Handgelenk.«

Humay streifte den Ärmel zurück und zeigte ihm das Handgelenk.

Der Alte zögerte noch immer. Dann sprach er wieder: »Zeige mir eine deiner Brüste!«

Das Gesicht der Dame übergoss sich mit Blut, und obgleich der Bettler an sie ein solches unschickliches Verlangen gestellt hatte, wurde sie ihm nicht böse, sondern erwiderte nur:

»Mein Vater, wie kommst du dazu, von mir so etwas Unziemliches zu begehren, da du doch siehst, dass ich die Gattin eines angesehenen Mannes und keine käufliche Dirne bin? Zum Schluss verlangst du noch jenes zu sehen, was man an sich selbst nicht betrachten kann, ohne einen Spiegel vorzuhalten, es sei denn, dass man einen so langen Hals wie ein Kamel hätte, und das nur dazu da ist, dem eigenen Gatten und Herrn eine Augenweide zu sein.«

Aber der Derwisch wiederholte, ohne auf die Rede der Herrin einzugehen: »Zeig mir eine deiner Brüste!«

Wie verzaubert von dem seltsamen Gebaren dieses Alten lüftete Humay schließlich zögernd den oberen Teil ihres Kleides und ließ etwas sehen, was die Form von Pfirsichen hatte und auch deren Duft ausströmte, dabei so weiß wie der Schnee auf dem höchsten Gipfel des Demawend war, zog aber gleich wieder ihr seidenes Hemd darüber.

Als der Derwisch diesen herrlichen, wohlgeformten Milchbeutel, der noch wohlversiegelt war, so dass noch kein Tropfen seines Lebenssaftes verlorengegangen sein konnte, erblickt hatte, rief er sogleich: »Dein sehnlichster Wunsch ist ein Kind. Und diesen Wunsch wird dir Allah noch in diesem Jahre erfüllen. Wir leben im Jahre des Hahnes, und dieses ist für dich günstig, da du auch im Jahre des Hahnes geboren bist. Im zweiten Jahre des Hahnes hattest du noch keinen Honig in der Blüte, so dass außer einer Laus, die dich zwischen den Beinen juckte, auch keine Biene zugeflogen kam. Daher wird sich dein Schicksal im dritten Jahre des Hahnes erfüllen, in dem wir eben jetzt leben.«

Humay war verwirrt ob der Rede des Bettlers; denn er hatte ihr Alter genau erraten, und da ihr Wunsch nach einem Kinde so mächtig war, glaubte sie umso leichter an die Prophezeiungen.

Inzwischen begann die Sonne zu sinken, und die beiden Frauen traten den Heimweg an. Und in Humay wurde ein mächtiger Drang nach dem Genusse ihres Gatten wach. Sie lief so schnell, dass Miskah ihr kaum zu folgen vermochte.

Als sie dann zu Hause eintraf, erfuhr Humay, dass ihr Gatte soeben aus Bagdad angelangt sei. Über diesen Zufall war sie außer sich vor Freude, da sie in ihm einen neuen Wink des Schicksals und ein günstiges Zeichen für die Erfüllung der Prophezeiungen sah. Sie ließ ein köstliches Mahl anrichten, speiste ihren Gatten aus ihren Händen und erzählte ihm alles, was sie mit dem Bettler erlebt hatte.

Daraufhin ward Näriman Chan ebenfalls mit großer Zuversicht und starker Lust erfüllt, und er setzte vorsichtig seinen Mörser an und stieß so sanft und innig, als ob er Moschuskörner zu zerdrücken hätte. Und sein Weib rief:

»O mein teurer Gatte und Herr, niemals war es so schön wie heute. Sonst hast du mir Märsche geblasen, die ich wohl gern angehört habe. Was du mir aber heute eingibst, ist ein Ghasèl, so fein und melodisch, dass ich in Wonne schwimme und bis zum Magen den Rhythmus spüren möchte. Verlängere es also, mein geliebter Herr, solange dir Allah die Kraft einflößt.«

Und am anderen Morgen, als sie mit ihm badete, setzte sie hinzu: »Ich habe das Gefühl, o mein Gemahl, als ob dein Samen in meinen Leib gedrungen ist. Möge Gott es geben.«

»Inschallah«, sagte er.

Und nach einiger Zeit stellte sie fest, dass sie empfangen hatte. Darüber freuten sich beide sehr.

Humay aber behielt ihre Gewohnheit bei, mit ihrer Sklavin Miskah, dem Moschuskorn, täglich die Spaziergänge durch die Gärten und oft auch durch die Pforte am Tigris hinab bis zur Brücke, wo sie den Derwisch getroffen hatte, zu unternehmen.

Als sie einmal wieder dieser Stelle zuging, rief Miskah: »Wenn mich meine Augen nicht täuschen, o Herrin, sehe ich dort an der Brücke den alten Derwisch sitzen.«

Darauf antwortete ihre Herrin:

»Wie schade, dass wir wieder keine Münzen bei uns haben, damit ich ihn für seine Prophezeiungen, die sich nun erfüllt haben, belohnen kann. Lass uns zu ihm gehen und ihm sagen, er möge morgen an derselben Stelle sein, damit wir ihm einige Tomane bringen.«

Der Derwisch begrüßte die Herrin mit »Salam«, und sie sprach zu ihm:

»Mein Vater, Allah möge dich belohnen für die herrlichen Voraussagen, die sich nun erfüllt haben; denn ich bin seit einem Monat schwanger und nehme täglich an Umfang zu. Komme morgen wieder hierher an dieselbe Stelle, damit ich dir einige Tomane schenke.«

Da sprach der Derwisch:

»Allah möge deine Frucht gedeihen lassen.«

Dann fragte die Dame:»Weißt du mir nichts Näheres über mein Kind zu sagen? Wird es ein Knabe oder ein Mädchen sein? Wie wird sein Schicksal werden?«

Darauf antwortete der Alte:

»Ich bin in Astrologie gut bewandert. Doch ehe ich dir mehr mitteilen kann, sage mir, o meine Herrin (und er nahm sie ein wenig beiseite, damit es die Sklavin nicht hörte), wie tat dein Gemahl, als sein Merkur die Bahn der Venus kreuzte, stach sein Stachel wild darauf los oder tat er es so, wie wenn eine Biene an einer Blüte Honig nascht?«

»O mein Vater«, entgegnete Humay, »wie wenn eine Biene Honig an einer Blüte nascht. So tat er. Ja, ich lebte die ganze Zeit, während er auf mir lag, in dem Gefühl, dass er plötzlich zum größten Dichter geworden wäre, größer als Firdusi, Saadi oder Hafis, und als ob er das herrlichste Ghase, das sich denken lässt, dichtete, wobei er die Versfüße durch Hineinstecken und Herausziehen seines Stengels abmaß. «

»Du wirst eine Tochter gebären, o meine gnädige Herrin, die schöner noch als dieses Ghasèl sein wird«, entgegnete feierlich der Alte.

Als am anderen Tage Humay ihm die Tomane geben wollte, war er nicht mehr da. Auch an den darauf folgenden Tagen ließ er sich nicht mehr an dem Orte blicken.

Nun hatte ihr Gatte von einem Eunuchen erfahren, dass sie gern durch die versteckte Pforte die Gärten verließ, stromabwärts den Tigris wanderte und oft kurz vor Sonnenuntergang ins Haus zurückkehrte. Dies verbot er ihr in Zukunft, weil er fürchtete, es könne ihr ein Unheil widerfahren, und er drohte ihrer jungen Sklavin die schwersten Strafen an, wenn sie ihre Herrin nicht von den Übertretungen des Verbotes abhalten würde, falls diese die Absicht dazu hätte.

So durchstreiften die beiden Frauen die Gärten nach allen Richtungen hin, heiter plaudernd, mit langsamen Schritten, denn die Dame war schon sehr dick und schwer.

Da geschah es eines Tages, dass sie über ein Beet Levkojen schritten, als plötzlich eine Kröte vor Humay springend floh. Da erschreckte sie sehr, und sie sprach zu ihrer Sklavin: »Ich halte dies für kein gutes Zeichen. Der Anblick der Kröte war mir widerlich. Es kann auf das Kind nachteilig sein.« Aber Miskah antwortete in ihrer Kindlichkeit:

»O meine Herrin, mache dir doch keine unnötigen Sorgen. Dein Kind kann ja noch nicht sehen und auch keine Kröte von einem Floh unterscheiden.«

Als sie ein Stück weitergegangen waren, rief die Sklavin wieder:

»O meine Herrin, komm her und siehe dieses Wunder.«

Und als die Dame herankam, da fand sie einen Baum, aus dessen Astloch eine Rose in voller Blüte schaute, so dass man in das Loch, das in den hohlen Baum hineinführte, nur gelangen konnte, wenn man die Rose abpflückte. Von diesem Wunder war die Herrin ganz entzückt, so dass sie gleich den schlechten Anblick der Kröte vergessen hatte.

Und sie sagte: »Sicher hat ein Vogel den Samen einer Rose in den Baum hineingetragen, so dass ein Rosenstrauch entstand, dessen Blüte sich nach der Sonne sehnte.«

Und wie sie noch das Rosenwunder betrachteten, da hüpfte wieder die Kröte vor ihr auf. Doch diesmal erschrak sie nicht. Sie musste vielmehr über die springende Kröte lachen und hörte nicht auf zu lachen, so dass Miskah die Herrin warnte:

»O meine Herrin, du findest Freude an absonderlichen Sachen. Höre auf zu lachen, sonst überträgt es sich auf dein Kind in dir, und es kommt als Hofnarr zur Welt.«

Humay dachte über diese Vorfälle andauernd nach. Da kam ihr die Begegnung mit dem Derwisch in den Sinn, und sie beschloss, trotz des Verbotes ihres Gatten, die Gärten durch die Pforte zu verlassen, um zu sehen, ob der Derwisch an der Brücke sei. Aber Miskah redete ihr von diesem Plan ab. Als ihre Herrin dennoch ihren Willen durchsetzen wollte, da drohte sie:

»O meine Herrin, Näriman Chan hat mir gedroht, mich peitschen zu lassen, wenn ich dich nicht daran hindern würde, das Verbot zu missachten. Diese Schmach werde ich nicht über mich ergehen lassen, und ich werde mich im Tigrisstrom ertränken, sobald du den Garten verlässt.«

Humay hatte ihre Sklavin ins Herz geschlossen. Aus diesem Grunde ließ sie von ihrem Vorhaben ab, und schmerzlich lachend meinte sie:

»O du Törin, wie kannst du solche Angst haben. Mein Gemahl würde mir das Vergehen nicht nachtragen und dir auf meine Bitten nicht das Geringste zuleide tun lassen. Aber ich will dir gehorchen. Wenn ich nur wüsste, wie und wo ich den alten Derwisch sprechen könnte, damit er mir die Zufälle erkläre.«

Eines Morgens, nicht lange nach diesen Vorfällen, kam Miskah zu ihrer Herrin gestürzt und rief:

»O Herrin, der alte Derwisch, den wir seinerzeit an der Brücke unterhalb des Gartens am Tigris trafen, steht soeben im Hofe und bittet um eine Gabe.«

Da kleidete sich Humay sogleich an, rief den Derwisch in das Haus, ließ ihm Essen und ein Gewand, dessen Tasche einhundert Tomane enthielt, reichen. Dann sagte sie zu ihm:

»Höre, mein Vater, ich weiß, dass du ein Weiser bist und Allahs Ratschlüsse und Wege besser als jeder andere zu deuten weißt. Nun sind mir in diesen Tagen seltsame Dinge begegnet, die gewiss einen tieferen Sinn haben. Deshalb möchte ich dich bitten, diese mir zu erklären, da ich begierig bin zu wissen, welche Bedeutung sie für das Kind in meinem Leibe haben.« »Erzähle sie mir, o meine Dame«, antwortete er.

Darauf erzählte sie ihm den Vorfall mit der Kröte und die Entdeckung der Rose, die in einem Baum wuchs und durch das Astloch ragte, und wie sie danach die Kröte wiedersah und über ihr Gebaren lachen musste, das sie vordem erschreckt hatte.

Der Alte wiegte sein bärtiges Haupt und erklärte ihr: »Diese Vorfälle haben mancherlei Bedeutung. An einer hüpfenden Kröte findet nicht jeder Gefallen, wie es mit dir bei ihrem ersten Anblick auch der Fall war. Würdest du einen Sohn bekommen, so könnte man daraus schließen, dass dieser einmal die seltsamsten Gelüste in Bezug auf Reittiere offenbaren würde. Du trägst jedoch eine Tochter bei dir. Daher ist anzunehmen, dass sich der Eindruck, den du von der Kröte erhalten hast, bei ihr einmal insofern äußern wird, als sie leicht Neigung für etwas Absonderliches und besonders Springendes fassen wird.

Schwieriger ist die Erscheinung der Rose im Astloch zu erklären. Deine wird selbst die schönste aller Rosen sein. Aber sie kann auch folgende Bedeutung bekommen: Die Geduld, mit der du ein Kind erwarten musstest, wird bei ihr zur Zähigkeit umgewandelt, mit der sie ihre Jungfrauenschaft behalten wird. Es ist etwas Stechendes dabei, und nur etwas, was schärfer sticht, kann sie rauben. Ihr Schoß wird eine Rose hervorbringen, vielleicht wird er selbst so schön wie eine Rose sein.«

Diese Deutungen der Erscheinungen durch den Alten gefielen und beruhigten die Dame des Hauses, und sie gab ihm noch einhundert Tomane zu den hundert Tomanen dazu, wobei sie ihn bat, zu Allah für ihr Kind am Grabe des Propheten zu beten, sobald er wieder nach Mekka ginge, und sie zu besuchen, wenn er ihrer Hilfe bedürftig sei.

Das also ist die Vorgeschichte von der Geburt Mihrs, der Tochter Näriman Chans und seines Weibes Humay.

»Ich will, dass meine Tochter Mihr - Sonne - heißen soll«, sagte Humay. »Denn mein Leben war bisher trübe, und sie hat es erhellt!«

Mihr war ein liebliches Kind, wie man es kaum jemals gesehen hatte. Sie wuchs zur Freude ihrer Eltern heran, erhielt Miskah, die kluge Sklavin zu ihrer Dienerin, und als sie fünfzehn Jahre alt geworden war, hatte sie sich zur wonnigen Jungfrau entwickelt, blühender als alle jene ihrer Genossinnen, die da auf den nächtlichen Ritter lauschen, um ihm zu öffnen, wenn er kommt und ans Tor klopft.

Da ich so weit bin, will ich einiges über die Geographie des Landes zum Besten geben:

Mihrs Körper glich, wenn sie aus dem Bad trat, einer jungen versilberten Pinie. Ihre Nase war ohne Tadel geformt und fein gebogen, wie es bei einer Turteltaube der Fall ist. Die Nasenflügel glichen den feinen Blütenblättern der Narzisse, wenn das Frührot hindurchschimmert.

Mihrs Mund glich einer gespaltenen Tomate, und die Zähne in ihm erinnerten an jene Gebilde, die man auf dem Blütengrund einer Lotusblume erkennt.

Ihre Augen waren groß und dunkel, und deren gesamtes Gebilde war die Pforte zu einem Geheimnis, in der ein magisches Licht durch ein Gewebe, aus den Strahlen des Amethystes gebildet, das die langen Wimpern bildeten, dämmerte. Darüber saßen die Bogen der Pforte, peinlich und regelmäßig aus Ebenholz geschnitzt. Sie lehnten an der Marmorwand der Stirn. Über dem Ganzen lastete das Haar wie eine Nacht, flutete den Rücken hinab, der hohl und biegsam wie der Stiel eines Palmenblattes war, und verlor sich im Unpersönlichen. Ihr Kinn hatte die Form und die Farbe einer Alabasterkugel.

Zu beiden Seiten dieses Gebietes lagen die Rosenhänge der Wangen, hin und wieder von den Freudentränen der Jungfrau wie von glitzernden Rinnsalen benetzt.

In den Ohren erkannte man die Tore zu den Rosenhagen, aus Elfenbein geschnitzt und mit Henna überstaubt.

Der schlanke Hals mit seinen durchschimmernden Adern und die runden gepolsterten Schultern führten den Besucher aus dem eben geschilderten Vorgarten tiefer in das Gebiet hinein, das man nennet »Springerlanden«.

Rechts und links erhoben sich zwei Hügel; der eine hieß »Ewigkeit«, der andere »Stechers Freud«. Von beiden hatte man eine erbauliche Aussicht über das gesamte Gebiet nördlich der großen Oase. Darin eingebettet, tief wie die Blüte im reifen Edelapfel, lag der Nabel, gewissermaßen ein Vorhof zum Heiligtum. Es war ein Gau, der ausgesprochen sich zu Liegekuren für alle jene Männer eignete, die sowohl schwach am Beutel wie am Herzen sind.

Die Grenzen des Landes bildeten die empfangsbereiten, üppigen Schenkel, die in ihrer Weichheit als moosbedeckte Vorgebirge gelten konnten. Darunter lagen die Hinterbacken, gleich aufgeblasenen Schläuchen aus dem Leder junger Gazellen.

Doch da gerate ich schon in jene Gegend des Landes, jenseits dessen Grenzen die Ungläubigen wohnen, deren Gebiete zu besuchen uns Allah verboten hat, weil diese Ketzer nicht auf dem rechten Wege, sondern von hinten herum in den Himmel kommen möchten.

Südlich der großen Oase dehnte sich ein Gebiet aus, das dem Strich zwischen Euphrat und Tigris ähnelte. Vom ewigen Glanz der Schenkel wurde da des Besuchers Augen geblendet. Er spürte den Hauch des Fleisches, der berückender als Ambraduft war, und wäre ja noch dieses Längental von einem Quell durcheilt worden, den der Bergwald zutage schickte, dann würde der Besucher in den Ruf ausgebrochen sein: »Hier wohnt Allah, selig, der hier lagern kann!«

Das wäre also von der Geographie dieses Landes zu sagen.

Von Mihrs Armen will ich noch der Vollkommenheit wegen melden, dass sie Lilienstengeln glichen, und ihre geschlossenen Hände Lilienblüten, wenn sie sich noch nicht entfaltet haben.

Ihre Füße waren schmal und hoch und berührten den Erdboden nur mit zwei Punkten, so dass, wenn sie aus dem Bade gestiegen und nach dem Lager geschritten war, niemand ihre Spur als die Fußstapfen eines irdischen Wesens zu erkennen vermochte. Die Zehen saßen daran wie geschälte Mandeln in einem überzuckerten Kuchen.

Ja, nun hätte ich beinahe das Schönste vergessen zu beschreiben. Jedoch will ich erst einmal darüber nachdenken, ob ich dazu auch die nötigen Worte zur Verfügung habe, damit ich mich nicht am Allerheiligsten versündige.

Aber, es ist ja viel leichter als alles andere zu schildern; denn es entsprach auf jedes einzelne Haar, von denen es umkränzt war, den Weissagungen des alten Derwisches.

Mihrs Herzenspförtchen glich einer Rose. Wenn sie entblößt auf den Kissen lag und wenn der laue Wind, der durch das Fenstergitter drang, über ihren Körper spielte, wobei sie in einer unbestimmten Sehnsucht seufzend ihre Beine auseinanderlegte, konnte man meinen, aus ihrem Leibe blühe eine Rose, wie aus jenem Astloch, das ihre Mutter sah. Die Falten am Unterleib legten sich um ihre Scham, und aus ihr heraus ragten die großen Lippen, an Gestalt und Farbe den äußeren Rosenblättern gleich. Tiefer aber lagen noch die kleinen Blütenblätter. Umkränzt waren die äußeren von Silberhärchen, wie sie auf den Rosenkelchen stehen. Und das Ganze war so groß wie eine Rose, weit größer, als man es bei anderen Frauen findet, völlig dazu angetan, den verwöhntesten König niederzuwerfen und einen solchen Zauber mit dem Aroma ihres Leibes auszuströmen, dass ein Verschnittener selbst in den Wahn kommen könnte, Öl auf seiner Lampe zu haben.

Mihr wurde im Koran, im Schreiben, Lesen und Literatur unterrichtet, wobei sie eine große Auffassungsgabe verriet, und hatte zur Bedienung die Sklavin Miskah, die sie bald ins Herz schloss, da sie klug, ergehen und erfahren in allerlei Dingen war, so dass sie unterhaltend zu erzählen verstand und ihrer jungen Herrin die Tage in angenehmer Weise vertrieb.

Als Mihr erwachsen war, hatte Humay ihr alles erzählt, was sich vor ihrer Geburt Seltsames zugetragen hatte: Die Begegnung mit dem Derwisch, die Geschichten mit der Kröte und der Rose im Astloch und die Erklärungen durch den Alten.

Einmal saß sie mit ihrer Sklavin zusammen, um Verse und Lieder anzuhören und zu lernen, als ihre Mutter eintrat und sprach:

»Mein Kind, komme schleunigst hinab in den Hof. Dort sitzt der Derwisch, von dem ich dir so oft erzählt habe. Er ist vom Grabe des Propheten zurückgekehrt, wo er für dich gebetet hat. Darum bedanke dich bei ihm und reiche ihm eine Gabe.«

»Ich werde gehen, o meine Mutter«, antwortete die Jungfrau, nahm einen Beutel mit einhundert Tomanen und stieg die Treppe hinunter. Beim Anblick ihrer herrlichen Gestalt küsste der Derwisch den Erdboden.

Mihr aber reichte ihm das Geld und sprach zu ihm:

»Nimm diese Gabe, o mein Vater, damit du dir das Nötigste anschaffen kannst.«

»Das Nötigste besitze ich, o meine Tochter«, gab der Alte zurück.

»So kaufe dir etwas dafür, an dem du dich erfreuen kannst.« »Wahre Freude ist nicht käuflich. In gekauften Freuden steckt der Wurm des Grames.«

»Nimm denn das Geld für die Gebete, die du am Grabe des Propheten für mich verrichtet hast.«

Da lachte der Alte und antwortete:

»Die Gebete sind nicht teuer. Sie sind so wohlfeil, dass man für einen Lufthauch fünf Pfund davon bekommt.«

Die Jungfrau schwieg betroffen. Nach einer Weile begann sie wieder:

»O mein Vater, du bist ein weiser Mann, wie meine Mutter dich mir bereits geschildert hat. So nimm das Geschenk und tu damit, was du willst. Dann erfülle mir noch einen Wunsch.«

Er sah sie lächelnd an:

»Und wie heißt dieser Wunsch, du Feenkind?«

»Meine Mutter hat mir alles erzählt, was sich vor meiner Geburt zugetragen hat, und alle deine Prophezeiungen sind eingetroffen. Weißt du noch mehr, mir von meinem künftigen Leben zu sagen, so sag es mir, da mich danach verlangt, es zu wissen.«

»Oh, was will wohl eine solche Kostbarkeit, die du bist, von der Zukunft wissen!« rief der Derwisch aus. »Doch nur, ob der Vogel der Rose entspricht, in die er fliegen möchte.«

»Du hast ganz falsch gesprochen: Ein Vogel kann in keine Rose hineinfliegen, er setzt sich auf sie drauf.«

»O meine Tochter«, entgegnete der bärtige Schalk. »Die Erfahrung steht dagegen, und du wirst noch sehen, wie sich der Vogel zuerst vor die Rose legt und danach pfeilgrad wie eine Schwalbe hineinschießt. Doch lass mich deinen Fuß anfassen!«

Sie schob unter dem Mantel ihr unvergleichliches Füßchen hervor, und der Derwisch berührte es. Darauf bat er:

»Lass mich eine deiner Hände ergreifen!«

Sie streckte ihm eine Hand hin, und er ergriff sie. Hierauf seufzte er jedoch tief, so dass Mihr besorgt fragte:

»O mein Vater, warum seufzest du?«

Da seufzte er noch einmal, noch tiefer als zuvor, und bat wiederum:

»Lass mich deine Rose angreifen!«

Das Mädchen schämte sich wegen dieser Rede, denn es wusste wohl, was er meinte, weil es längst kein Kind mehr war und Miskah ihm den Vorzug seines Schoßes vor dem anderer Frauen viel gepriesen und durch Vergleich mit dem ihrigen bewiesen hatte; aber da er es geschickt in klar durchdachter und wohlgesetzer Rede gesagt hatte, antwortete es:

»Du scheinst ein großer Blumenfreund zu sein, frommer Mann. Drum gehe in den Garten, wo du Rosen in Fülle bekommst. Aber du müsstest doch wissen, dass man eine Rose nicht angreift, weil dann ihr Aussehen verlieret, sondern dass man von einiger Entfernung aus sie anblickt und ihren Hauch einzieht.«

»Mein Kind«, sprach hierauf der Alte. »Von deinem Standpunkt aus magst du Recht haben. Eine schirazer Königsrose, eine Alabasterrose oder eine jener rankenden Rosen, wie sie der Kalif in seinem Garten hegt, darf man wohl nicht in die Hand nehmen, da sie tatsächlich bei dem leisesten Griff von ihrer Anmut einbüßen. Aber es gibt noch Rosen, von denen man nichts gewinnt, wenn man sie nicht in die Finger bekommt, die sogar verkümmern, falls ihr keiner zu nahe gekommen ist, und die keine Dornen tragen, daher nicht stechen, jedoch gestochen wollen sein.

Diese Rosengattung führt den Namen „Spaltemich". Jede Frau trägt sie bei sich, und es ist dieselbe, in die der Vogel „Guckinsloch" so gern hineinfliegt, um sein Nest zu bauen. Auch du besitzt eine solche Rose, doch die deine ist weit schöner als die irgendeiner anderen Frau, die Huris nicht ausgenommen, und ich werde Allah bitten, dass er ihr einen Gärtner stelle, der sie wohl zu pflegen weiß und ihr in angemessenen Zeitabschnitten auch einmal ein Auge einsetzt, damit sie Zweige treibt.

Da du sie mich aber nicht befühlen lassen willst, du Juwel unter den Juwelen, so gestatte mir wenigstens, dass ich die Stelle deines Seidenkleides, unter dem sie blüht, vorsichtig betaste, weil ich alles dies zur Inspiration benötige, um dir etwas von deiner Zukunft anvertrauen zu können, wie du es von mir wünschest.«

Zögernd teilte Mihr den Mantel, und der Alte nahm vorsichtig die Seide ihres Beinkleides zwischen zwei Finger.

»Es ist so und wird nicht anders sein«, murmelte er.

»Was ist so und wird nicht anders sein, frommer Vater?« fragte die Jungfrau begierig.

Er zog seine Augenbrauen empor und entgegnete:

»In Allahs Namen dann, der gepriesen sei und bei den Ungläubigen verkündet werden möge, auf dass sie den Einen Gott erkennen und ins Himmelreich kommen. Die Rose wird in Gefahr geraten, von einem abgenutzten Geier gezupft zu werden. Aber er wird nicht zum Ziele gelangen, vielmehr wird dir ein Dorn erstehen und zunutze kommen, der den Aasvogel davontreibt. Zahlreich werden die Stangenreiter kommen und ans Tor klopfen, um sich zu erproben, doch wird jeder mit brennender Lampe weiterziehen müssen, bis einer kommt, der eine

Honigstange hat, und dieser wird die Rose okulieren, so dass sie ein Röslein gleich dem Morgenstern ansetzt.«

Dieser Vortrag belustigte Mihr so sehr, dass sie laut auflachen musste. Da trat ihre Mutter herzu und fragte:

»Warum lachst du, mein Kind? Hat dir der fromme Mann etwas Erbauliches gepredigt?«

Und ihre Tochter entgegnete:

»Das hat er getan, o meine Mutter, und Allah möge es ihm lohnen und ihm einen Vorzugsplatz im Paradiese unter einer Rose „Spaltemich" einräumen, wenn er mir recht geweissagt, wenn er aber aufgeschnitten hat, dann mag Allah mir die Gnade erweisen, zu sehen, wie ihm das Maul voll Dornen wächst.«

Einige Tage danach erwachte Mihr nach einem erquickenden Schlummer und einem Gefühl, als ob sie einen köstlichen Traum gehabt habe.

Bei der Gelegenheit, da sie das Nachtgewand mit dem Tageskleid vertauschte, fiel der Sklavin der wonnige Ausdruck in ihrem Antlitz auf, und sie sprach: »O meine geliebte Herrin, jeden Tag sehe ich dich mit neuem Genuss an, und jedes Mal erscheinst du mir noch schöner, als du ohnehin bist, obwohl dies gar nicht möglich sein kann, weil man sich nichts Schöneres denken kann. Aber heute bist du bezaubernder denn je.«

»O meine Teure«, entgegnete hierauf Mihr. »Ich habe einen herrlichen Traum gehabt.«

»Erzähle mir den Traum, o meine Herrin«, bat die Sklavin.

»Eigentlich weiß ich gar nicht, was mir geträumt hat«, sagte Mihr nach einigem Nachdenken. »Ich habe aber das Gefühl eines Traumes gehabt, das unbeschreiblich schön war.«

»Und wie äußerte sich dieses Gefühl, o lieblichste aller Gebieterinnen?«

»Im Traume oder im Halbschlummer, ich weiß es nicht recht«, erklärte die Jungfrau, »spürte ich dort zwischen den Schenkeln an der Stelle, die in Anmut dieselbe Stelle anderer Frauen übertreffen soll, ein sanftes Kosen und Streicheln, so dass mir durch den Körper ein unsagbar wonniges Gefühl ging, und ich hätte gewünscht, dass der Morgen nicht diese schöne Nacht hätte vertreiben können.«

Miskah lächelte über die Erzählung ihrer Herrin.

»Ergötzt dich mein Traum oder spottest du meiner?« fragte Mihr.

»O meine Herrin«, entgegnete scherzend die Sklavin. »Allah sollte mich verderben, wenn ich mich unterstehen würde, deiner zu spotten. Aber was du mir da erzählst, klingt genau, als ob du die erste Nacht mit deinem Gatten verbracht hättest.«

»Ist dies dabei so? Und woher weißt du dies?«

»Höre, meine teure Herrin. Ich habe dich behütet, als du noch klein warst, und ich war Zeuge aller Erlebnisse deiner Mutter, die sie vor deiner Geburt hatte. Und jetzt diene ich dir mit Freude und lasse mein Leben für dich. Weshalb soll ich darum vor dir Geheimnisse haben? Ich besitze ebenfalls eine Rose von der Gattung „Spaltemich", und ich würde töricht sein, sie verwelken zu lassen, indem ich ihr nicht hin und wieder eine Handgreiflichkeit zukommen ließe, die sie - wie du vom Derwisch vernommen hast - zu ihrem Dasein benötigt. Ich weiß in Bagdad einen jungen Mann, den ich ins Herz geschlossen habe und der einen kuriosen Vogel „Guckinsloch" hat. Dieser ist oft mir zugeflogen und hat bei mir Quartier genommen, dabei seine Eier draußen vors Nest gehängt, anstatt sie hineinzulegen, wie es andere Vögel doch tun. Dann ging es so ähnlich zu, wie du mir da erzählst. Es ist aber schon einige Zeit wieder her, seitdem mir die Rose gespaltet wurde; denn Bagdad ist weit entfernt, und auf dem Wege hierher liegt manches leere Nest. Ja, meine teure Herrin, das, was du mir erzählst, halte ich als das beste Zeichen dafür, dass du reif für einen Mann bist, der deiner würdig ist.«

Seitdem verbrachte Mihr himmlische Nächte. Regelmäßig kehrten die Liebkosungen wieder, begleitet von einer wonnigen Erregung des Blutes. Deshalb sehnte sie tagsüber die Nacht heran, und sie fand Gefallen daran, anstatt ihre Spaziergänge in die Blumengärten am Tigris zu unternehmen, auf weichen Kissen und Decken zu träumen.

Das fiel ihrer Mutter auf, und diese fragte:

»Mein Kind, ich sehe dich in letzter Zeit schläfrig und träumerisch entweder im Zimmer auf dem Lager oder im Garten auf den Matten liegen. Fühlst du dich nicht wohl? Bist du erkrankt? Wenn es der Fall ist, so wollen wir sogleich zu einem Arzte schicken, damit er dich mit

Allahs Hilfe wieder gesund mache, denn sonst würde ich vor Sorge vergehen.«

Doch ihr liebliches Kind gab zur Antwort:

»O meine gute Mutter, gräme dich nicht um mich; denn ich bin nicht leidend, sondern fühle mich so wohl, wie man es nur immer kann. Ich verbringe die Nächte in einem Glücksgefühl, wie man es - Allah möge es mir vergeben - im Paradies nicht größer kennen wird.«

Dann ließ sie ihre Mutter alles das wissen, was sie Miskah bereits erzählt hatte.

Humay ging daraufhin zu ihrem Gatten, um ihm dies mitzuteilen und mit ihm darüber zu sprechen. Und sie sagte:

»O mein Gemahl, ich glaube, wir dürfen kaum noch ein Jahr verstreichen lassen, bis wir unserer Tochter einen Gatten zuführen müssen. Sie ist üppig wie eine köstliche Frucht in ihrer Reife, und ihr Blut fordert Stillung. Da sie schön ohnegleichen ist und vermögend dazu, wird es an einem Freier, der eine ihr würdige Morgengabe zu bieten imstande ist, nicht fehlen.«

Näriman Chan antwortete:

»Liebes Weib, deine Ansicht ist richtig. Lass noch ein halbes Jahr verstreichen. Dann wollen wir unseren Bekannten anzeigen, dass Mihr heiratsfähig ist.«

Bald darauf erfolgte ein kurioser Zwischenfall.

Als Mihr nämlich ins Bad gestiegen war und Miskahr ihre Kleider abnahm, schrie sie plötzlich auf:

»Käk-Käk-Käk - ein Floh - ein Floh - ein Floh!«

Aber ehe sie ihn ergreifen konnte, war er verschwunden. Darüber konnte sie sich gar nicht zufrieden geben, und sie sprach zu ihrer jungen Herrin:

»O meine Gebieterin, wie ist es nur möglich, dass dieser Floh ins Haus kommen konnte, da vor jeder Tür ein Verschnittener steht? Ich werde sofort dir neue Kleider bringen, auf dass du nicht von dem unreinen Tier besudelt wirst.«

Damit eilte sie davon und kehrte mit frischen Gewändern zurück, die

Mihr anlegte, ohne dass sie dem Geschrei ihrer besorgten Sklavin Beachtung geschenkt hätte.

Am Nachmittag eines heißen Tages trieb sie das Verlangen, im Garten unter den Fliederbäumen zu ruhen. Deshalb ließ sie Matten von den Eunuchen bringen und schickte ihre Sklavin fort, da sie allein zu sein und nicht zu sprechen wünschte, um angenehmer träumen zu können. Miskah schlenderte durch den Garten, indes Verschnittene wachten, dass sich kein Unberufener der Jungfrau nähern konnte.

Wie sie nun in Blütenduft und erfrischendem Schatten lag, kam ihr das Bedürfnis an, ihren Leib von der Kleider Last zu befreien und ihn dem Winde zu bieten, der weich durch Laub und Blüten tastete. Und kaum hatten sich ihre Hüften gebreitet, ihre Schenkel gestrafft, ihre Brüste gehoben und ihre Arme gestreckt, da spürte sie auch schon an ihrer Scham wieder dieses Streicheln und Kosen, so dass sich vor Wollust ihr Verstand verwirrte. Dennoch raffte sie sich nach einer Weile vollen Genusses zusammen, um nachzusehen, wer diese Schmeicheleien verursachte und bog ihren haarumnachteten Kopf vor. Da sah sie denn, wie ein Floh an der äußersten Lippe ihrer Scham ununterbrochen auf und ab spazierte und dadurch den Reiz ausübte.

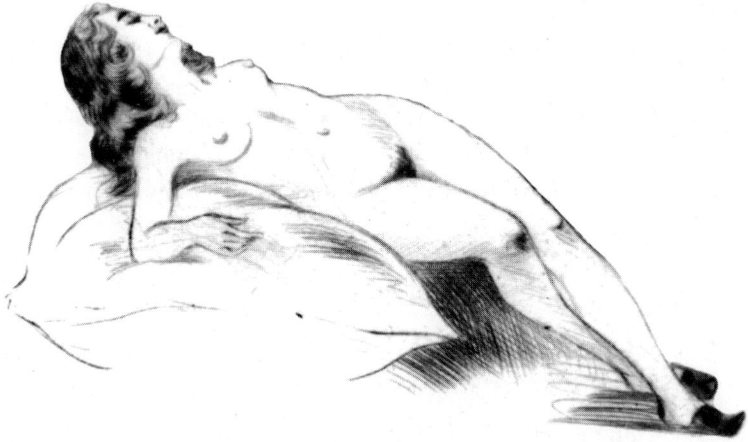

Eine solche sonderbare Entdeckung brachte sie in ein maßloses Erstaunen, vor allen Dingen konnte sie sich nicht genug über die ernste Art und Weise wundern, mit der der verachtete Käk sein Liebeswerk verrichtete. »Sicher ist er derselbe«, dachte sie, »den Miskah sah. Wie gut ist es, das ihn Allah schützte, so dass er entkam, sonst hätte mein Freudenspender einen üblen Lohn erhalten.«

Inzwischen war die Sonne tiefer gesunken, und die Sklavin nahte, um ihre Herrin zu fragen, ob sie etwas benötige. Sie legte daher oberflächlich ihre Gewänder an und ließ sie von Miskah in Ordnung bringen, erzählte ihr aber nichts von ihrer Entdeckung, behielt diese vielmehr als ein Geheimnis für sich, das ihr heilig schien. Ja, sie ward ärgerlich auf ihre Sklavin, fuhr sie wegen Nichtigkeiten hart an und ward sogar zornig, wenn diese ihre Gewänder prüfte, weil sie fürchtete, ihrem Liebling könne ein Leid geschehen.

Diese Behandlung betrübte die Sklavin sehr, sie kniete vor ihrer jungen Herrin nieder und fragte schluchzend: »O meine Gebieterin, was ist es, das dich wider mich erzürnt, da ich doch allzeit deine Befehle aufs gewissenhafteste ausführe? Ich flehe dich an, deine Gunst nicht von mir zu nehmen, denn die Wurzel meines Lebens ruht in deiner Seele. «

Mihr wurde durch dieses Flehen milder gestimmt, gab aber ihrer Dienerin keine weitere Antwort als die: »Geh, es ist schon gut.«

Öfter ging die Tochter Näriman Chans um dieselbe Zeit in den Garten, und der Floh ward bald so zutraulich, dass er auf ihrem Leib die drolligsten Tänze ausführte, woran sie sich ergötzte. Er sprang auf die Rundung ihres Leibes, erstieg den Berg „Ewigkeit“, flog hinüber zum Berg „Stechersfreud“, war mit einem Satz im tiefen Nabel verschwunden, und der nächste Sprung brachte ihn aus dem Vorhof ins Allerheiligste, wo er sich in einer Falte verbarg, die er auch nicht verließ, wenn die Herrin badete.

Als sie wieder einmal im Garten am Tigris unter einer Laube blühender Sträucher lag, in der Nähe eines Marmorbeckens mit Springbrunnen, der die Luft mit kühlem Wasserstaub vermengte, zur Zeit des Nachmittags, da die Vögel schwiegen und die Käfer summten und auf ihrem schimmernden Leib Käk sich tummelte, nachdem er die Rosenjungfrau mit seinen Liebkosungen in einen Rausch der Wollust gebracht hatte, da sprach sie, als ob sie fragen wollte, ohne aber von ihm eine Antwort zu erwarten, da ein Tier ja nicht reden kann: »O mein lieber Käk, sage mir nur, wie bist du in unser Haus gekommen, ohne dass dich jemand hindern konnte, da doch vor jeder Tür ein Verschnittener steht?«

Und zu ihrem größten Erstaunen begann der Floh zu reden:

»O herrlichstes aller menschlichen Wesen, du Hauch des Frühlings, genannt die Rosenjungfrau, du Kern meines Herzens, du Nahrung meines Leibes und meiner Seele, so höre denn meine Geschichte:

Meinem Wunsch gemäß, den er zu erfüllen verpflichtet war, setzte mich der Derwisch, mit dem du kürzlich sprachst und der kein gewöhnlicher Bettler ist, sondern mit allerhand Gaben mehr als ein anderer Mensch ausgestattet ist, wie du ja selbst erfahren hast, auf deinen Blumenfuß, von wo ich zu meiner Heimat emporstieg. Auf diese Weise hielt mich kein Eunuch an, als ich durch die Tür in dein Gemach schritt ...«

Da unterbrach ihn Mihr, die sich von ihrem Erstaunen erholt hatte, mit den heftigen Fragen: »Wie ist es möglich, dass ein Tier reden kann? Wieso war der Derwisch verpflichtet, dich mir zu geben?«

»O meine Geliebte, köstlichste Speise des Paradieses«, fuhr der Käk fort, »ich war ja eben im Begriff, dir meine Geschichte zu erzählen, doch du hast mich unterbrochen. Darum höre mich in Ruhe an:

Mein Vater stammte aus dem Lande der Franken, und meine Mutter war ein echtes Wüstenkind. In meinem Herzen brennt darum das Feuer der Wüste bei Mittagsglut, und mein Stachel ist so scharf wie die Lanze eines dieser verhassten Ungläubigen, die da kommen, um das Grab des Propheten - den Allah erhöhen möge - zu zerstören. Aber ich bin wie meine Mutter, über die mein Vater gestolpert war, ohne sich vorher zum Islam bekehrt zu haben, ein gläubiger Moslem. Wahrlich, ich habe die Menschen und ihre Geheimnisse zur Genüge kennen gelernt, was eben nur einem Wesen meiner Gattung möglich ist, wenn es, wie ich, mit besonderen Gaben ausgestattet ist. Sowenig du eine gewöhnliche Jungfrau bist, sowenig der alte Derwisch ein gewöhnlicher Bettler ist, der zwischen dem Grab des Propheten und den schmackhaften Küchenresten Bagdads hin und her läuft, so wenig bin ich ein gewöhnlicher Floh.

Ich hatte bei Frauen und bei Männern mein Quartier aufgeschlagen. Ich habe erlebt, dass ein Beduine sein Weib wie ein Kissen hin und her drehte, bis ihm die Lage recht war, wobei mir ganz schwindlig zumute wurde, ich habe erlebt, dass ein Jüngling einer alten Dame, deren Gatte noch älter war, auf ihren Wunsch gegen gute Bezahlung seine Mandeln einlegte, wobei ich in Gefahr kam, erstickt zu werden, ich habe erlebt, wie ein Emir Jagd auf Granatäpfel machte und eine Dame aus dem Harem des Sultans von Kairo jede Muschel blies, die ihr unterkam. Ich habe das Grab des Propheten gesehen, und dort traf ich mit einer Unmenge meiner Brüder und Schwestern aus aller Herren Länder zusammen, so dass es mir nicht in den Kopf hinein wollte, wie es möglich ist, dass diese alle die Erde ernähren kann. Dort hatte mich das Schicksal auf einen argen Schelm gesetzt, der jeden ausbeutete, dessen er habhaft werden konnte, und als er wieder einmal sich an einen Schlafenden heranmachte, sprang ich zu ihm hinüber und weckte ihn mit einem heftigen Stich. Auf solche Art ward ich mit dem Derwisch bekannt. Ich bemerkte bald, dass er kein alltäglicher Mensch war, verständigte mich mit ihm, und er erzählte mir von der Rosenjungfrau, die in einem Palast am Tigris bei Bagdad lebe. Von diesen Schilderungen wurde ich so hingerissen, dass ich von einer wilden Sehnsucht nach dir ergriffen wurde und er mir versprechen musste, mich zu dir zu bringen, was er ja auch tat, wie du siehst, Kostbarkeit aller Kostbarkeiten - aus Dankbarkeit für die Warnung vor dem Halunken.

Dies ist meine Geschichte, du mein Paradies, und Allah, dessen Name gelobt sei, soll mich auf der Stelle verderben, wenn mein Mund eine Lüge ausgesprochen hat. Und ich bin am Ende meiner Wünsche angelangt, da ich dich, Geliebte, nun besitze. Möge uns der Eine Gott ein langes Leben geben, damit wir auch viele herrliche Stunden reinsten Glückes und reinster Freude erleben. Inschallah!«

Nachdem die Rosenjungfrau voller Erstaunen zugehört hatte, rief sie aus: »Wie wunderbar ist doch deine Geschichte, mein lieber Käk. Und ich will ebenfalls zu Allah beten, damit er uns unsere Freude noch lange gönne.«

Doch auch diese Geschichte behielt sie für sich und erzählte sie weder ihren Sklavinnen noch ihrer Mutter.

Der Ruhm von Mihrs unvergleichlicher Schönheit ward in ganz Bagdad und weit darüber hinaus bekannt. Er drang auch bis zu den Ohren des königlichen Hofes, wo ein Wesir lebte, der hoch in der Gunst seines Herrschers stand und es sich zum Vorsatz gemacht hatte, die schöne Jungfrau zur Frau zu nehmen, obwohl er bereits sechzig Jahre hinter sich und eine Anzahl Frauen hatte.

Deshalb tat er seinen Wunsch dem König kund, der Näriman Chan zu sich berief und also zu ihm redete:

»Ich habe vernommen, dass du eine Tochter von großer Schönheit dein eigen nennst. Von ihrem Lob ist aller Menschen Mund voll. Es ist mein Wille, dass sie die Frau meines Wesirs werde. Darum bereite das Hochzeitsfest vor. Die Braut soll eine reiche Morgengabe und von mir noch ein besonderes Geschenk erhalten.«

Diese Worte betrübten Näriman sehr. Er teilte sie seinem Weibe Humay mit, das ebenfalls in Schwermut ob dieser Nachricht verfiel.

Endlich sprach Näriman:

»Was wollen wir tun? Erfüllen wir den Willen des Königs nicht, so wird uns und unserer Tochter Unheil daraus entstehen. Wir müssen uns fügen und dem abgestoßenen Eselhengst unser Kind zur Frau geben, obwohl dies mir wider Allahs Gebot erscheint.«

Von viel tieferem Kummer wurde jedoch Mihr erfasst, als sie vernahm, dass sie heiraten solle, und noch dazu einen alten Mann. Sie führte ein so glückliches Dasein voller Träume, dass sie sich überhaupt nicht nach einem Gemahl gesehnt hatte. Sie weinte Tag und Nacht und wurde nicht froh, und vergeblich versuchten ihre Eltern sie zu trösten. Miskah aber weinte ebenfalls.

Als sie wieder einmal schlummerlos, in Tränen aufgelöst, des Nachts im Bette lag, da kam der Floh emporgestiegen, setzte sich auf eine ihrer Brüste und sagte:

»O meine Teure, du innerster Kern meines Herzens, weine nicht; ich werde dir helfen. Der Alte soll sein Ziel nicht erreichen, und du wirst wieder frei werden; denn ich liebe dich so sehr, dass ich mein Leben für dich lasse, wenn es sein muss.«

Noch mit Tränen in den Augen musste sie lächeln.

»O mein lieber Käk, wie willst du dies tun?« fragte sie.

»Frage nicht, o meine Herrin«, antwortete der Ritter „Springins-Hemd" mit wichtiger Miene. »Du wirst es zur rechten Zeit erfahren.«

Auf Mihr machte dennoch die Wichtigtuerei des Knirpses einen so tiefen Eindruck, dass sie sich beruhigte und einschlief. Am anderen Tage überdachte sie noch einmal das Gespräch mit dem Floh; dabei kam ihr in den Sinn, dass der Derwisch ihr von einem alten Geier und einem Helfer in der Not prophezeit hatte, und sie sagte sich, dass wohl der Geier der Wesir und der Helfer der Floh sei.

Sie ward also wieder frohen Mutes. Ihre Eltern wunderten sich sehr, dass sie sich leichter in ihr Schicksal fand, als sie es über sich ergehen lassen konnten, und das Hochzeitsfest kam und wurde mit großem Gepränge gefeiert.

Sie erhielt prächtige Geschenke von unerhörtem Wert: Gewänder aus golddurchwirktem Stoff, Schmuck mit den seltensten Edelsteinen und vieles andere noch, was der Zunge schwerfällt, mit den zutreffenden Beinamen zu nennen.

Als nun die Nacht herbeikam, ließ der Wesir sich von seinem Eunuchen den Körper mit wohlriechenden Ölen salben, damit er Jugendlichkeit vortäuschen sollte, und begab sich in den Harem zu seinem neuangetrauten Weibe. Über den Anblick ihrer rosengleichen Scham geriet er völlig außer Fassung, und er beugte sich nieder, um zu riechen, da er der Meinung war, Mihr hätte gewissermaßen ihm zu Ehren ihr Liebespförtchen geschmückt. Das bemerkte sie, und in ihrer Hoffnungsfreudigkeit, da sie meinte, er könne ihr nichts antun, und da sie überdies auf die Hilfe ihres geliebten Käk rechnete, sagte sie: »O mein Gemahl, hast du deinen Vogel Guckinsloch im Gesicht sitzen und nicht dort, wo ihn andere Männer auf der Stange haben?«

»O meine Gattin, du Zierde aller Huris, ich vermeinte, du habest dir eine Rose eingesteckt, und so wollte ich zuvor ihren Duft einatmen. Doch jetzt sehe ich, dass es deine Scham ist, und ich habe bei noch keiner meiner Frauen und Sklavinnen ein derartiges Wundergebilde gesehen.«

»Ja, mein Gemahl«, entgegnete sie, »es ist eine Rose von der Gattung „Spaltemich" und wartet auf deinen Einzug.«

Da warf er sich in Positur, schob seinen Schwengel vor, setzte ihn an und war eben im Begriff, ihn hineinzustoßen, als er auf dessen entblößter Spitze einen Stich fühlte, der ihn blitzschnell zurückfahren ließ.

»O mein Gemahl, was ist dir?« fragte Mihr mit erheuchelter Besorgnis.

»Ich glaube, dein Ding da vorn ist doch eine Rose. Ich empfand nämlich soeben, dass mich ein Dorn auf meinen Repräsentanten stach«, antwortete der Alte und ging von neuem vor. Diesmal traf aber ein noch viel heftigerer Stich seine Kirsche, so dass er von neuem mit einem Schmerzensschrei zurückfuhr und der Stolz seines Alters bald derart zusammenschrumpfte, dass er wie ein abgedrehter Krautstengel herabhing, wobei dem Hochzeiter die Lust zu einem dritten Versuch verging.

Infolgedessen erhob er sich, um in sein Gemach zurückzugehen, weshalb sein junges Weib fragte: »O mein Herr und Gemahl, du Speise meines Herzens, gehst du schon von mir, ohne meine große Sehnsucht nach dir gestillt zu haben?«

»Mir ist heute nicht recht wohl«, gab er zurück. »Die Festlichkeiten haben mich ein wenig mitgenommen, so dass mir augenblicklich der Begriff fehlt zu unterscheiden: Steche' ich, oder werde ich gestochen.«

Am nächsten Morgen fragte der König seinen Wesir:

»Nun, wie hast du bei deinem jungen Weibe geschlafen, und wie oft hast du Abgaben verrichtet?«

»O mein König und Herr, ich war diese Nacht von dem unbeschreiblichen Zauber so hingerissen, dass ich das Zählen vergaß«, antwortete er.

Mihr erwachte dagegen mit heiterem Herzen, da sie nun Gewissheit besaß, in ihrem geliebten Floh einen Beschützer zu haben, dem sogar der König nicht beikommen konnte. Und als der Knirps emporgestiegen kam, um - wie regelmäßig des Morgens - vom Herzblut seiner Geliebten zu trinken, sprach diese:

»O wie danke ich dir, mein herzliebster Käk, und Allah möge dich zum Sultan über deinesgleichen in allen Ländern setzen, dass du mich vor diesem Ekel beschützt hast.«

Käk war von seinem Morgentrunk berauscht.

»Nur über meinen Leib geht der Weg in deinen Leib«, rief er aus und war mit einem Satz in der Rose verschwunden, um als schwacher Knirps das zu verrichten, was der mächtige Wesir nicht vermochte, nämlich dem Mädchen die Laute zu streichen, dass es Klänge aus dem Paradies vernahm.

In der zweiten Nacht ging es dem Wesir nicht besser. Deshalb gebrauchte er die Ausrede, noch in der Nacht zum König kommen zu müssen, um Rat zu erteilen, weil Krieg mit den Ungläubigen bevorstünde.

Am Morgen nach der zweiten Nacht fragte ihn der König wieder:

»Nun, Wesir, wie ist die Nacht bei deinem jungen Weibe verlaufen?«

»O König der Könige, sie verlief noch schöner als die erste. Aber ich habe des Guten so viel, dass ich aufeinander zweimal nicht durchkomme. Jetzt bin ich beim Nabel angelangt.«

In der dritten Nacht ging der Alte mit Zittern und Zagen zu seiner Neuangetrauten. Diese empfing ihn freudig und freundlich und sprach:

»O mein teurer Gemahl, du Quell meines Lebens, hoffentlich fühlst du dich heute wohl und wirst auch nicht wieder zum Kriegsrat von mir abberufen. Komm und stille mein Verlangen, damit in mir ein Kind entsteht, das uns eine Freude sein wird.«

Da bekam der abgezupfte Geier neuen Mut, obwohl ihm der Kopf seines Junkers „Immermunter" sehr schmerzte und auch angeschwollen war, so dass er die Haube nicht mehr über ihn ziehen konnte, wodurch die Spitze dem Scheuern an der Hose ausgesetzt wurde und sich noch stärker entzündete. Aber schon der erste Anlauf scheiterte völlig. Der blutdürstige Verteidiger des Tores bohrte seine Lanze so oft und so wütend in die Kirsche, dass er in der Hitze des Gefechtes beinahe vergaß, in sein Standquartier hinüberzuspringen, als der geprellte Hochzeiter voller Groll, seine Stange an sich drückend, das Gemach ohne ein Wort eiligst verließ.

Am darauf folgenden Morgen sprach der König zu seinem Wesir:

»Nun, wie hast du diese Nacht mit deinem jungen Weibe zugebracht?«

Der Untergebene gab zur Antwort:

»O mein gütiger König und Held, du Vernichter der Ungläubigen. Mein Weib ist ein Wesen, mit so unbeschreiblichen Reizen ausgestattet, dass selbst die ausgebrannte Lampe eines Verschnittenen Feuer fängt; wie viel mehr die meinige, der ich mich in der Vollkraft des Lebens befinde. Sie hat an Umfang und Ausdehnung dermaßen zugenommen, dass ich sie nur bei mir noch zu tragen vermag, wenn ich mir eine Binde um den Leib lege.«

Damit öffnete er seine Hose und zog ein Gebilde hervor, das an einen Kürbis erinnerte, nur aber ein wenig länglicher war.

Bei diesem Anblick fiel der König vor Lachen auf den Rücken.

Der Wesir aber fuhr fort: »Dass ich aber bei der Wahrheit bleibe, o mein König, bei Allah, dessen Name gepriesen sei: Mein Weib ist kein menschliches Wesen, sondern sicher eine Hexe. Denn sie hat anstatt einer Feige am Unterleib eine Rose, die man von einer solchen, wie sie in deinem gepflegten Garten wächst, nicht unterscheiden kann. Will man aber mit ihr tun, wie man es eben mit Frauen tut, wenn sie auf dem Rücken liegen und die Beine breit machen, dann ist es, als ob man seinen Gaul in eine Dornenhecke steckt.«

Und so erzählte denn der Alte seine nächtlichen Abenteuer mit Mihr und bat den König, ihm die Erlaubnis zu erteilen, sich wieder von ihr scheiden lassen zu dürfen, die ihm der Herrscher auch gab.

Hierauf fragte der König:

»Und hast du ihr also ihr Mädchentum nicht zerstören können?«

Der Untergebene entgegnete:

»Nein, mein König!«

»Und kannst du mir dies schwören?«

»Bei Allah und allen seinen Propheten; denn wer dies zu tun imstande ist, muss einen Mörser aus Marmor haben.«

Der König ließ danach Näriman Chan vor sich fordern, und der Wesir bestand darauf, dass die Scheidung sofort vollzogen würde. Außerdem forderte er alle seine Geschenke zurück und überdies eine Entschädigung von einhunderttausend Tomanen, von denen der König selbst achtzigtausend einstrich.

Mihr war über diesen Ausgang ihrer Ehe mit dem alten Geier über die Maßen froh und dankte ihrem Käk für dessen Tapferkeit in überschwänglichen Worten; aber umso mehr waren ihre Eltern niedergeschlagen, die fürchteten, beim König in Ungnade zu fallen.

Aber es kam anders. Der König war durch die Erzählungen seines Wesirs von der unvergleichlichen Scham dessen geschiedenen Weibes derart von Begierde entflammt, dass er Näriman kundtat, seine Tochter in seinen Harem aufzunehmen, was eine um so größere Ehre war, als Mihr eine geschiedene Frau war.

So feierte also nach einigen Tagen Mihr bereits die zweite Hochzeit, prunkvoller als die erste, war außerdem noch im Range bedeutend gestiegen und erhielt eine noch reichere Morgengabe. Darüber verwunderte sich Bagdad ungemein, und über die Schönheit von Mihrs Leib erzählte man sich die fabelhaftesten Geschichten.

Mihr war von neuem in Sorge geraten; denn der König war ein ebenso alter und abgedroschener Hengst wie sein Wesir. Dennoch sagte sie sich: »Hat mich mein Käk aus der ersten Not gerettet, wird er es - mit Allahs Hilfe - auch aus der zweiten tun.«

Tatsächlich erging es dem König nicht besser als seinem Wesir, eigentlich noch schlechter. Er war bezaubert von der Anmut seines jüngsten Weibes und von ihren Reizen brünstig wie ein Kamelhengst geworden. Da er aber, wie alle Könige, bei Kriegsgelegenheit weit hinter der Front blieb, so hatte er seinen Leibknecht vorgeschickt. Doch kaum hatte dieser das Visier von seinem Guckloch ein wenig geöffnet, als sein Gegner, der Wächter des Burgtores, sich auf ihn stürzte, ihm einige schwere Stiche auf den Kahlkopf versetzte, so dass der alte König auffuhr, aus dem Harem stürzte und in selbiger Nacht noch seinen Leibmedikus alarmierte, der ihm eine stillende Salbe aufschmierte und einen Verband darumlegte.

Am Morgen nach der Hochzeitsnacht fragte der Wesir seinen König:

»O mein teurer Gebieter, Vernichter der Ungläubigen, Allah möge deinen Samen hundertfältige Frucht tragen lassen. Wie hast du die Nacht mit dem holdseligsten aller Weiber verbracht? Wie viel hast du ihr aus deiner Privatkellerei eingeschenkt?«

Darauf antwortete der Herrscher: »O mein Wesir, suche dir in meiner Schatzkammer das kostbarste Gewand aus; denn du bist tatsächlich ein tapferer Kerl. Drei Nächte lang hast du gestürmt, ich trete gleich nach der ersten ab. Siehe her, wie es mit meiner Troddel bestellt ist.«

Und damit öffnete der König sein Beinkleid und zog ein Gebilde hervor, das dem des Wesirs nicht nachstand.

Mit herzlicher Schadenfreude rief da der Hofbeamte: »Sagte ich es dir nicht, dass sie eine Hexe ist? Allah wird sie strafen.«

»Sicher ist sie eine Hexe«, erwiderte der König.

»Ein solches Ding, wie sie hat, ist mir noch nie vor die Augen gekommen, und ich habe doch immerhin einige tausend Frauen aus aller Herren Länder unter mir gehabt. Aber was soll ich tun? Ich werde sie ins Hexenloch werfen lassen!«

»Tu das, mein König«, erwiderte der Untergebene.

Sobald Näriman und seine Gemahlin Humay vernahmen, dass der König aus Zorn über die Enttäuschung in der Hochzeitsnacht beschlossen hatte, ihre Tochter in das Hexenloch zu werfen, kam ein Todesschrecken über sie, und beider Verstand verwirrte sich vor Verzweiflung.

Und Humay erinnerte sich aller der Vermutungen, die der alte Derwisch ihr gegenüber geäußert hatte, als sie ihm die Erscheinung der Rose im Astloch erzählte. Und sie fühlte sich schuldbewusst, als ob ein Fluch, der auf ihr gelastet hatte, an ihrem Kind haften geblieben wäre. In ihrer Demut sprach sie zu ihrem Gemahl:

»O mein Gemahl, Allah hat seine Gnade von mir genommen. Dass ich zehn Jahre kinderlos als deine Bettgenossin blieb, war ein Fingerzeig des Schicksals. Aber dennoch sehnte ich mich - da ich ja ein Weib bin - nach einem Kinde. Da sandte mir das Schicksal in der ekelhaften Kröte und in der Rose im Astloch zwei letzte Warnungen. Aber in meinem Unverstande beachtete ich sie nicht, ja glaubte noch aus den Erklärungen des Alten eine günstige Vorbedeutung herauszuhören, obwohl dieser kein gutes Wort dafür hatte, wenn auch kein böses.

Lass uns nun, o mein herzliebster Gemahl, innig zu Allah flehen, dessen Name gelobt sei, damit er das große Unheil von uns wende. Dann wollen wir zum König gehen, seine Güte und Heldenhaftigkeit rühmen und ihn um Erbarmen für unser Kind bitten.«

»Wir wollen so tun, wie du sagst, mein teures Weib«, entgegnete ihr Gemahl traurig und setzte hinzu: »Ich will auch dem König die Hälfte meines gesamten Vermögens anbieten, wenn er unser Kind freigibt.«

Darauf verrichteten sie die verschiedensten Gebete, und Humays Augen vergossen dabei Tränen in Strömen.

Als sie nun in das Gemach des Königs traten, fielen sie auf die Knie, küssten den Boden, und Humay sprach (denn sie als Weib verstand es besser als ihr Gemahl, schöne Worte zu bilden):

»O König der Könige, größter Herrscher aller Zeiten, freigebiger Herr, dessen Güte die Welt rühmt und vor dessen Worten die Ungläubigen aus Schreck sterben, Zeuger zahlreicher Moslems, die den Ruhm Allahs verkünden, du Glücksbringer des Volkes, dessen Samen sich bei dreitausend Frauen bewährt hat, vernimm unser beider Flehen und schone unsere Tochter, denn wahrlich - so wahr sie durch den Samen meines Gemahls in mir entstand, was ich bei Allah und allen seinen Propheten schwöre, und er soll mich auf der Stelle vernichten, wenn ich eine Lüge ausspreche -, sie ist keine Hexe, sondern eine gläubige Moslema, wie ich bin, erzogen in Furcht vor Gott, wohlvertraut mit seinen Geboten und unterrichtet im Koran. Lass sie frei, Gnädigster aller Herrscher, dessen Güte die Armen in allen Straßen und zu allen Tageszeiten preisen, gib sie uns zurück, und sie hat damit schon eine schwere Strafe erlitten, dass sie kinderlos aus dem Harem des mächtigsten aller Fürsten gestoßen worden ist, und obendrein sollst du noch die Hälfte unseres gesamten Vermögens erhalten, wenn du unserem Kind vergibst und sein Leben schonst.«

Da sprach der König zu seinem Wesir:

»Was sagst du dazu?«

»O mein König«, antwortete dieser: »Höre nicht auf den Gesang dieser Hexenmutter, der wahrlich wie das Zischen einer Schlange klingt. Dieses junge Scheusal ist nichts anderes als eine Hexe. Darum übe keine Gnade, bedenke vielmehr dein Glied!«

Somit sagte der König zu den Bittstellern:

»Ich kann eure Bitte nicht erhören. Ich habe einige tausend Frauen unter mir gehabt, aber bei keiner von ihnen so etwas festgestellt, was eure Tochter zwischen den Beinen hat. Wenn ich nun bei jeder meiner Frauen diese Erfahrung gemacht hätte wie bei Mihr, dann müsste ja das Vermächtnis meines Vaters von Mekka bis Medina reichen. Nein, das geht nicht, eure Tochter muss ins Hexenloch. Was aber die Hälfte deines Vermögens betrifft, o Näriman Chan, so hast du mir diese trotzdem auszuhändigen, da ich Anspruch auf Entschädigung an dich in dieser Höhe habe.«

Da fielen die Eltern in Ohnmacht. Als Humay wieder zu sich gekommen war, bat sie noch einmal:

»O gestrenger König, da du dich unser nicht erbarmst, so gestatte mir wenigstens, dass ich mein Kind noch einmal sehe, um Abschied von ihm zu nehmen.«

»Dieser Wunsch sei dir erfüllt«, entschied der Herrscher.

So begab sich Humay in den Harem zu ihrer Tochter und fiel ihr schluchzend um den Hals. »O meine Mutter, was führt dich zu mir, und warum weinst du?«

Darauf erzählte Humay alles, was sich vor dem Könige abgespielt hatte und aus welchem Grunde dies geschah.

Nun ward Mihr ebenfalls zu Tode betrübt, und noch unter Tränen sprach sie: »O meine gute Mutter, da ich nun sterben muss, so will ich dir alles erzählen: Es sind keine Dornen, die in meinem Leben stecken, wie der König, mein Gemahl, denkt. Ich liebe nämlich einen Floh, und dieser liebt mich mehr als sein Leben, und sobald jemand sich mir naht, treibt er ihm mit Stichen seinen Kitzel aus.«

»O du unglückselige Tochter, wie kannst du so etwas Unnatürliches tun, ein unreines, armseliges Tierchen zu lieben, da ein König dich freite, und dich sowie deine Eltern ins Unglück damit stoßen? Fürchtest du nicht die Strafe Allahs? Wirf dieses Tier von dir und fleh den König um Gnade an, er wird dich erhören, und auf diese Weise ist das Unheil von uns abgewendet.«

Doch die Tochter sprach:

»Herzliebste Mutter, du schiltst mich zu Unrecht. Das Tierchen habe ich gern, und es erbarmt mich, es zu toten. Aber es ist nicht so, wie du denkst, dass ich des Flohes wegen Euch und mich ins Unglück stürzen will. Allah ist mein Zeuge. Vielmehr bin ich des Lebens überdrüssig. Ich war vordem glücklich und wollte nicht glücklicher sein und wäre es wohl geblieben, Euch, geliebte Eltern, zur Freude, wenn ich einen Gatten bekommen hätte, der mir entsprochen hätte: Jung, schön und kräftig genug, mir die Jungfernschaft einzustoßen und mich zum schwangeren Weibe zu machen. Dafür musste ich mich von zwei alten Schlappschwänzen, die mir widerlich waren, beschnüffeln lassen. Ich weiß, dass es für mich, als Frau des Königs, keinen Ausweg mehr gibt. Lieber will ich daher als Jungfrau sterben denn das Reittier altersschwacher Männer zu sein.«

Da gedachte Humay wieder der hüpfenden Kröte, der Rose im Astloch und des Alten nebst seinen Worten, und sie sah, dass seine Auslegungen vollkommen eingetroffen waren. Und da sie keine Hoffnung hatte, ihre Tochter zu überreden, dem alten König ergeben zu sein, ging sie weinend zum Harem hinaus und wieder vor den König. Dieser fragte:

»Nun, wie hast du von deinem Ifritenkind Abschied genommen?«

Statt ihm hierauf eine Antwort zu geben, erwiderte Humay:

»O gewaltigster und gefürchtetster aller Herrscher. Höre mich an: Als ich vor mehr als fünfzehn Jahren mit meiner ungeborenen Tochter im Garten am Tigris, der zum Besitztum meines Mannes gehört, lustwandelte, machte mich meine Sklavin Miskah auf ein seltsames Gebilde aufmerksam - es war eine Rose, die aus einem Astloch herausblühte. Diese Erscheinung hat auf mich in meinem damaligen Zustand einen tiefen Eindruck gemacht, einen umso tieferen, als kurz vorher mich eine hüpfende Kröte erschreckt hatte, so dass die Folge davon dieses rosenartige Gebilde im Schoße meines Kindes wurde. Und da es keine Rosen ohne Dornen gibt, so hat sich einer als Schützer ihres Mädchentums gebildet anstelle desjenigen zarten Gewebes, wie man es bei anderen Frauen findet.

Du siehst also, gnädiger Herr und König, dass mein Kind keine Hexe ist, dass vielmehr ein unglücklicher Zufall, dem mich Allah aussetzte, meinem Kind zum Fluch gereichte; denn ich habe die volle Wahrheit gesprochen, und Allah soll mich verdammen, wenn mein Mund eine Lüge gesprochen hat. Ist dieser Dorn weggestoßen, so ist mein Kind ein Weib wie andere Weiber, jedoch weit schöner. Nimm sie also wieder in Gnaden auf, o mein König, und Allah, der Eine Gott, wird dich dafür belohnen.«

»Kannst du dies alles beschwören, was du mir da von der Kröte und von der Rose im Astloch erzählt hast?« fragte der betagte Fürst.

»Bei Allah und allen seinen Propheten«, schwor die besorgte Mutter. »Und meine Sklavin Miskah kann es bezeugen!«

Der König dachte ein wenig nach, dann sprach er: »Dann geht jetzt nach Hause; ich werde mir die Sache noch einmal durch den Kopf gehen lassen.«

Nur war der König eigentlich keiner von denen, die gleich für Köpfen und Hängen sind. Nur wenn ihm etwas an seinem eigenen Leib widerfuhr, wie in diesem Falle, konnte er sehr zornig werden. Trotzdem blieb er nicht wie ein Verstockter unversöhnlich und bei seinem harten Vorsatz. Er ging vielmehr zur Rosenjungfrau in den Harem, befahl ihr, die Kleider abzustreifen und sich vor ihm in einiger Entfernung hinzustellen, damit er sie genau in Augenschein nehmen konnte. Nachdem er den Harem wieder verlassen hatte, warf sie sich weinend auf ihr Lager. Da kam ihr geliebter Käk emporgesprungen und tröstete sie mit den Worten:

»Weine nicht, Geliebte, du Innerstes meines Innern. Ich habe beschlossen, mit dir in den Tod zu gehen, wenn es eben nicht anders geht. Allah möge unseren Seelen gnädig sein und die, die an dir freveln, vernichten.«

Aber sie weinte sehr; denn sie hatte sich das Leben doch schöner vorgestellt und nicht erwartet, dass es ein solches Ende nach ihrer herrlichen Jugend nehmen würde.

Als der König Mihr in Augenschein genommen hatte, ließ er sogleich seinen Wesir zu sich befehlen, und er sprach zu ihm: »Höre an, Wesir, ich habe mir die junge Hexe noch einmal näher betrachtet und mir die Sache überdacht. Sie ist ohne Zweifel das lieblichste Geschöpf, das mir je unter die Augen gekommen ist. Und was sie an der Stelle sitzen hat, die das Ziel des Mannes bildet, ist eine Rose von so schöner und seltener Art, dass man wirklich glauben möchte, ein Geist sei hierbei im Spiele. Ihre Mutter Humay, das Weib des Näriman Chan, hat mir jedoch eine Erklärung dafür gegeben, die durchaus glaubwürdig ist. Da sie an ihrem Leib eine Rose hat, muss sie ebenfalls einen Stachel haben, und es erscheint mir, als habe mit diesem Stachel, der mich wie dich nicht verschont hat, Allah ihr einen besonderen Schutz ihrer Schönheit verliehen, damit nur der sie zur Gattin machen könne, der imstande ist, den Stachel mit seinem Stachel zu brechen, auf dass sich kein Schwächling an ihr versündige. Nun sind wir beide aber alte Gäule, die kaum noch mit zwei Beinen, geschweige denn mit einem Bein einen Sprung ausführen können; und ich wähne, Allah, sein Name sei gelobt, hat uns mit diesem Wesen beschämen und uns sagen wollen: „Fresst Heu, ihr hinkenden Esel, und lasst mein frisches Grün den Füllen, die meine Gläubigen vermehren sollen!“ Ich werde also dieses mein junges Weib nicht in das Hexenloch werfen lassen.«

Da rief der Wesir schmerzlich aus:

»O mein König, nur ein böser Geist kann dir diese Gedanken eingegeben haben! Die Hexe wird noch mehr Unheil stiften.« Doch der Herrscher entgegnete: »Diese Gedanken hat mir kein böser Geist eingegeben, sondern Allah, der Allwissende. Überlege doch, du Dummkopf, was die Leute von Bagdad über mich und dich denken müssten. Du ließest dich von ihr scheiden, und ich heiratete sie. Wenn ich sie nun verstoßen würde, dann würde es heißen: Was soll das bedeuten? Hat der König sie seinem Wesir abgenommen, dann wusste er, dass sie keine Jungfrau mehr war. Es ist also unrecht, sie zu strafen, vielleicht deshalb, weil er entdeckte, dass ihr Mädchentum zerstört war. Wenn er sie jedoch noch als Jungfrau genommen hat, dann ist sein Wesir fürwahr ein elender Wicht. Wie kommt denn aber der König dazu, ein so junges Leben zu vernichten? Allah möge ihn von seinem Throne stürzen.«

Das sah der Hofmann ein. »Was aber willst du mit ihr tun, o mein Gebieter?« fragte er dann.

»Ich werde Allahs Willen erfüllen, und er wird mich dafür belohnen«, gab der Herrscher zurück. »Das Mädchen soll den Stachel erhalten, der ihr zusteht. Ich werde in allen Ländern verkünden lassen: Der König von Bagdad hat eine Sklavin, nicht eine zweite auf Erden ist ihr an Schönheit und Anmut ebenbürtig. Ihre Scham ist eine herrliche Rose, und welcher Jüngling von Stand es vermag, den Dorn, der ihr Mädchentum schützt, wegzustechen, der erhält die Rosenjungfrau von mir zum Weibe und wird außerdem zum obersten Feldherrn ernannt.«

Durch Herolde wurde diese Kundgebung ausgerufen, und außerdem gingen Eilboten an die Königshöfe der umliegenden Länder. Da strömten denn bald kühne Stangenreiter, jung und schön, herbei und klopften ans Tor, um das Heil zu erlangen. Aus aller Herren Länder kamen sie zusammen, aus Griechenland, China, Indien, maurische Jünglinge waren dabei und selbst Neger. Und ein jeder brachte Kostbarkeiten von nie gesehener Art mit, die er der Rosenjungfrau als Morgengabe geben wollte, da ja ein jeder meinte ihr den Dorn wegstechen zu können.

Aber allen denen, die da kamen, gelang es nicht, die Rosenjungfrau zu gewinnen; denn der Floh verteidigte seine Burg mit Kühnheit ohnegleichen, und ein jeder war auf stolzem Rosse dahergezogen gekommen und musste heimwärts zu Fuß reisen oder in einer Sänfte getragen werden, weil ihm das Reiten Schmerzen verursachte. Die Hälfte der Morgengabe eines jeden aber zog der König ein.

Mihr hatte alle die kräftigen und wohlgebauten Jünglinge sich an ihr erproben lassen, doch keinem von ihnen flog ihr Herz zu. Denn sie trug ihren Gesichtsschleier, damit sie niemand sehen konnte, und legte über die Augen ihre Hände. Sie sehnte sich nach den Blumengärten am Tigris, wo sie träumen und sich von ihrem Käk ungestört liebkosen lassen konnte.

Nun lebte in Bagdad auch ein Jüngling namens Karim. Er war von schönem Körperbau, klug in seiner Rede, aber arm und von geringem Herkommen; sein Vater war Töpfer gewesen, schon viele Jahre tot, seine Mutter verdiente sich das Brot mit Weben.

Dieser nun war von einer unstillbaren Sehnsucht besessen, Mihr zu besitzen, umso mehr, als er sie als Kind wiederholt gesehen hatte und ihre unbeschreibliche Schönheit kannte. Aber er konnte keine Morgengabe aufbringen. Darüber verfiel er in Schwermut, und um sich zu zerstreuen, wanderte er aus Bagdad hinaus, den Tigrisstrom abwärts, an den Gärten Näriman Chans vorbei, bis er zu der Brücke kam, wo Humay den Derwisch getroffen hatte. Dort ließ er sich nieder und begann heftig zu weinen. Und siehe, da trat der alte Derwisch auf ihn zu und fragte ihn:

»Warum weinst du, mein Sohn?«

Und Karim klagte ihm sein Leid.

»Wenn du das willst«, sprach der Alte, »so will ich dir ein Mittel sagen, dass du der Rosenjungfrau das Mädchentum nehmen kannst und sie zum Weibe erhältst.«

»Und welches ist dieses Mittel?« fragte Karim.

»Nimm mit dir ein wenig Honig. Bestreiche mit diesem den Kahlkopf deines Wichtelmannes und schicke ihn in die Höhle des Löwen hinein.«

»Ja, mein Vater«, antwortete der Jüngling, »wenn ich auch mit diesem Mittel siegen würde, woher nehme ich aber die Morgengabe, ohne die mich der König nicht zu ihr lässt?«

»Höre zu«, sagte der Derwisch, »sprich zum König: O mächtigster aller Herrscher, ich besitze keine so reiche Gabe, wie sie die Ritter alle brachten, die kühn daherkamen und mit saurer Miene wieder weiterziehen mussten. Was ich besitze ist eine Rute von so guter Qualität, dass keine Dornen ihr zu widerstehen vermögen. Lass mich daher zur Rosenjungfrau, damit ich ihr die Rose spalte, und sollte ich die Aufgabe nicht lösen, so magst du mich köpfen lassen. Wenn ich aber zum Ziel gelange, so gib mir den Lohn, den du den andern auch versprochen hast.«

Mit diesem Plan war Karim einverstanden. Er machte sich sogleich auf den Weg nach Bagdad, badete sich, zog sein bestes Gewand an, steckte ein Büchschen mit Honig zu sich, trat vor den König und sprach, wie ihm der Derwisch geraten hatte.

Dem König gefiel der Jüngling und seine kühnen Worte. Und er fragte: »Wer bist du?«

Karim antwortete:

»Ich bin Karim, des verstorbenen Töpfers Karim Sohn.«

»Dann bist du kein Jüngling von hohem Herkommen. Was hast du also anstelle des Standes einzulegen? Besitzt du einen Marmorklopfer?«

»O Gewaltigster aller Herrscher«, entgegnete der junge Mann, »einen Marmorklopfer hat mir weder mein Vater hinterlassen noch Allah angehängt. Aber ich trage eine Honigstange bei mir!«

Da rief der betagte Herrscher aus:

»Das ist fürwahr das Schönste und Beste, mit dem man Frauen beikommen kann.«

Und darauf entschied er: »Ich gewähre dir deinen Wunsch. Erfüllst du die Aufgabe, bekommst du die Rosenjungfrau zum Weibe und wirst oberster Feldherr; erfüllst du sie nicht, wirst du geköpft.«

Als Karim in das Gemach eintrat, wo Mihr auf goldgestickten Kissen und Decken ruhte, sagte er:

»O du Schönste aller Jungfrauen, du hellster Stern unter den Sternen des Himmelszeltes, mich treibt meine aufrichtige Liebe zu dir hierher, und ich habe dem König meinen Kopf verpfänden müssen, wenn ich dir nicht den ersten Stoß, der dir bis ans Herz dringen soll, geben kann, wie ihn jede Jungfrau erhalten muss, damit sie ein Weib wird. Daher bitte ich, Holdeste aller Holden, mir einen Blick aus deinen Augen zu gönnen, damit ich wenigstens einen Lohn habe, wenn ich meine Aufgabe nicht lösen kann und ohne Kopf und mit steifem Schwengel von der Erde scheiden muss.«

Aber Mihr ließ sich nicht erweichen und antwortete nicht. Sie trug den

Schleier auf ihrem Angesicht und legte noch die Hand über ihre Augen; denn sie wollte von denen, die kamen, nicht gesehen werden und auch keinen sehen, damit ihr Herz sich nicht etwa für einen entflamme.

Er band ihr Beinkleid auf, zog ihr Hemd empor und erblickte die

Rose ihrer Scham in voller Pracht, so dass sein Vöglein die Flügel hob. Dann strich er Honig auf die Spitze seines Gliedes und legte es zum Stoß an. Da sprang auch schon Käk, der Torwächter und „Ritter vom Quell“, auf den Eindringling ein. Doch ach, er blieb im Honig kleben, und die Stärke des süßen Duftes raubte ihm die Besinnung. Zu gleicher Zeit aber stieß Karim mit der Lust eines zweijährigen Hengstes zu. Da zog ein wonniges Gefühl durch den Körper der Rosenjungfrau. Sie nahm die Hände von ihren Augen und erblickte einen Jüngling, dessen Lieblichkeit so unwiderstehlich wie seine Kraft war. Und sie nahm ihren Schleier vom Angesicht und küsste und herzte ihn.

Nachdem Karim mit seinen Stürmen schließlich das ganze Bollwerk gründlich niedergelegt hatte, ging er zum König, um ihm Bericht zu erstatten.

- ENDE -